愛你一生

周京川◎著

崧燁文化

目錄

小石頭

我是一顆小石頭，
常為渺小而喪失高大的慾望；
我是一顆小石頭，
從不為自己的位置感到悲傷。

我迷戀連綿的小路，
我渴盼車輪的重量；
我追求爐火的冶煉，
我希冀道路的延長。

如果在荒野，
寧願砌進綠色的堤防；
如果在地底，
寧願化作奔騰的岩漿。

我是一顆小石頭，
但永遠有棱有角；
我是一顆小石頭，
但永遠有高山一樣的堅強。

致大海

我來自遙遠的南方，
撲進你寬廣的胸膛。
無限的思念，
繽紛的幻想，
化作了雲霞扶搖直上。
看浪花飛濺，
歌潮水激盪，
男子漢禁不住熱淚盈眶。

你是生命的搖籃，
每天捧出一輪朝陽；
你是歷史的見證，
孕育了花落花香。
無數人世間的秘密，
被你悄悄地斂藏。
你是一位慈祥的老人，
給水手以堅強的雙槳。

我沐浴你的恩澤成長，
風雨兼程沒有搖晃。
每當孤獨的時候，

風浪中總有海鷗飛翔。
在你博大的懷抱裡，
我有無窮的膽魄和力量。
願你風清月朗，
大海啊，永遠是我的故鄉。

觀養金魚有感

你遊得多麼歡快，
真的沒有一絲悲哀？
你自由的多麼悠哉，
難道竟沒有風雨吹來？

有人渴望像你那樣，
被人庇護，被人觀賞。
有人追求像你那樣，
無憂無慮，舒適酣暢。

我寧願粉身碎骨，
也不願有你那樣的下場。
只因為我是一個人，
人和金魚畢竟是兩樣。

寄語

在那個淅瀝的雨天，
在那個泥濘的街口，
你嘴唇的微微顫抖，
便已把千言萬語傾吐。

在那個刺骨的嚴冬，
在那個難忘的時候，
你眼角的淚水，
我便感覺到你脈搏的跳動。

但願有一天，我們會相逢，
相逢在枝葉繁茂的時候，
把我的生命化作了清泉，
去滋潤你那干渴的喉嚨。

雨中

雨中，你看著我，
保持持久的沉默。
多願時光在此停留，

小鳥在林間唱歌。

雨中，我想對你說，
你的眼睛是一湖秋波，
男子漢沉進湖底，
去尋找愛的藍色。

雨中，我想對你說，
我們還猶豫什麼，
既然愛，就不顧慮，
讓心底的火花閃爍。

雨中，我們相對無言，
度過了漫長的時刻，
人生的道路雖然坎坷，
愛情的力量誰能阻隔。

雨中，是我們的世界呵，
思念化作小雨紛紛落，
看楊柳吐蕊杜鵑花紅，
原野上奔淌著一條小河。

綠水

一灣綠水，像一面鏡子，
鑲嵌在茂密的鬆林叢中，
微風拂動漣漪，
多麼自在無憂。

白雲在她頭上飄舞，
鬆濤將美麗的琴弦撥動，
坦蕩的胸懷，蔚藍的笑容，
常常用歌聲將人們引誘。

她的寧靜使人遐想無窮，
向我吹來溫柔的風，
我羨慕她的飄逸與俊麗，
卻永遠也不會與她共處。

自剖

我是有許多的不足，
可人並非神明。
如果我變得完整，

也就沒有了思想，
也就沒有了激情。

我是有許多的缺點，
可我心靈純真。
如果我沒有追求，
也就沒有了靈感，
也就沒有了生命。

世界

我註視著你，
感覺有些模糊，
揉一揉眼睛，
也看不清你的面目。

我面對著你，
心裡有些發酸，
飲一口清泉，
也還是有些苦澀。

我熱戀著你，
又寧願保持沉默，
因為你太高尚，
我便唱不出什麼。

粉筆

你描畫的是青春，
給人的是信念。
你消耗的是生命，
給人的是精神。

即使破碎，也要做一片晶體，
去灑在求知的心靈。
即使消失，也要融一片白色，
去塗在畫板的底層。

你的生命雖然短暫，
卻噴湧一股清泉。
你的名字被孩子們記住，
因為是你伴隨他們遠程。

童年

還記得母親的叮嚀，
還記得搖籃裡的夢幻，
那遙遠的一切，

彷彿就在眼前。

還記得兒時的朋友，
還記得純真稚氣的笑臉，
那遙遠的一切，
只留作心底的依戀。

小溪裡築壩，
雪地裡滑冰。
陽光下吮蜜，
深山裡採鵑。

難忘童年時光，
童年的夢，童年的心。
儘管我會衰老，
但童年的太陽永遠鮮豔。

瓶膽

別看你渺小，
卻有一個閃光的世界。
酸甜苦辣都能包含，
你何等寬廣的胸懷。
雷雨風霜全能容納，

你這般壯麗的風采。
給人以忠誠和溫暖，
給人以力量和豪邁。
即使被嚴密地包裹，
也要默默貯存熱和愛。
感謝你給我啓迪，
旺盛的生命永不衰敗。

白色

白色，象徵人生的開始，
可惜我們已懂得太多的事情。
白色，象徵生命的啓程，
可惜我們遍體都已是傷痕。

踏不完的風雪，
走不盡的泥濘。
什麼時候，路平坦一些了，
我會去向你傾訴心底的思念。

每個人都用彩筆塗畫人生，
每個人都應有純潔的靈魂。
熱愛白色啊，
以證明這個世界並不布滿灰塵。

京山美

京山美，
湖北第一生態園，
中國網球之鄉，
遍地生光輝。

京山美，
美在山林翠，
枝繁葉茂四季春，
處處有新蕾。

京山美，
美在一湖水，
星羅棋布皆是源，
唯有百鳥飛。

京山美，
美在人更美，
四海賓朋皆是友，
人在畫中睡。

京山美，
美在歌聲脆，
色彩繽紛如畫廊，
遠景更陶醉。

我是

我是一棵樹，
孤獨地站立在原野。

自從你給了風，
便不怕烈日的傾灑。
自從你給了愛，
總保持鬱鬱蔥蔥的顏色。

自從你遠去，
留下那支多情的歌。
自從你歸來，
染一片風霜的潔白。

我是一棵樹，
倔強地挺立在原野。

短笛

離別的時候，
你送我一支玲瓏的短笛。

吹出心底的思念，
吹出三月的小雨。
幸福和歡樂洋溢心間，
生活是一曲激昂的旋律。

吹出輕柔的風，
送我踏上人生的旅途。
吹出深情的愛，
不怕路上風狂雨猛。

離別的時候，
感謝你送我那支清脆的短笛。

夏日情思

蟬在窗外高聲鳴叫，
撕破了寧靜的中午。

太陽火辣辣的光線，
給人以沉悶和抑鬱。

葉子低下了頭顱，
心卻按捺不住。
看滿湖碧波蕩漾，
飽含躍躍欲試的情緒。

在這個季節，
最容易讓人做個好夢。
在這個時候，
最激動莫過於把思念傾吐。

儘管夏日雨水凶猛，
儘管夏日鬧聲如鼓，
也有雨過天晴的時候，
看一輪朝陽噴薄而出。

母親

小時候，
母親盼望我長大，
就像盼著，
一朵未結實的棗花。

小時候，
母親盼著我成熟，
就像望著，
村前的那棵小樹。

今天，
當我回到故鄉的懷抱，
母親，
又該給我怎樣的囑咐！

小河

小時候，
村頭那翠綠的河邊，
有塊青石板。

母親，
常領著我，
黑夜裡去洗衣衫。

微風吹動，
手中的蠟燭，
閃著母親微駝的背影。

別人的孩子，
常怕棒槌鬼，
我卻什麼也沒有看見。

童年，多麼有趣，
儘管我長大了，
卻常把那條小河思念。

春

春光如水，
如水的春光引人贊美。
春的桃紅柳綠，
使惜春的人兒不歸。
春的鳥語花香，
使愛春的人兒心醉。
春的萬紫千紅，
使踏春的人兒更嬌美。
春的五彩紛呈，
春的陽光明媚。
我願是一顆春的種子，
我願是一朵春的花蕾。

檸檬

你酸甜又苦澀，
是愛情生動的寫照；
你清香又渺小，
是生活醇美的味道。

你生長在大山中，
經歷了風雨飄搖；
你成熟在秋季裡，
經受了烈日炙烤。

你告訴我們，
生命有艱難和曲折；
你啓迪我們，
生活有陰雨和風暴。

你的顏色金黃而曼妙，
你的性格寧肯在風霜中挺立不倒。
檸檬，你如同一曲美妙的交響，
激勵我的生命像火炬燃燒。

夏季風

樹也不搖，葉也不動，
你輕輕撲向我的心胸。
水也不蕩，潮也不湧，
你悄悄注入我的肺腑。

其實你不咸，也不苦，
只把真情的旗幟高舉。
其實你不狂，也不猛，
只把溫柔的情懷輸出。

我曾經自怨自艾，
終於在陽光下挺起了胸脯。
我曾經步履蹣跚，
終於踏上了人生的坦途。

夏季風，給我一個好夢，
眼前飄蕩著白色的花絮。
夏季風，願你綠色長駐，
我們和你有一樣的成熟。

寄遠

我戀你不到，
快有些恨你了，
你這叫人死活難忘的湖邊草。

我愛你不到，
快有些心焦了，
你這恩愛磨難的林中道。

我想你不到，
快有些冷卻了，
冷卻的時候化成了石礁。

我盼你不到，
快有些干枯了，
明年春天又是一片綠和笑。

我望你不到，
快有些煩惱了，
把我的情愛沉進一片海潮。

春遊

藏著甜蜜，
掛著微笑，
帶著冬天的疲憊和向往，
奔向春天的懷抱。
同學們像一群歡快的小鳥，
嘰嘰喳喳把春鬧。

到湖中去游泳，
頑皮的性格改不掉。
到山上去野炊，
似朵朵鮮花風華正茂。
洗去困倦，
驅除煩惱，
讓信心充滿每個細胞。
假日春遊多快樂，
歡歌笑語水上飄。

劃上小船，
把青春的槳葉使勁搖。
雲霧慢慢散去，
遠望水碧天高，

幸福生活多麼美好。
拿起拍子呀，
讓羽毛球在風中奔跑。
走向山野啊，
把湖光山色盡情描。

人間春來早，
師生樂陶陶，
看杜鵑花開紅似火，
一湖春水起波濤。
小草綠了，
花兒笑了，
當我們歸來的時候，
小城的夜晚已燈火閃耀。

回憶十歲

十歲是一條河，
閃著藍色的浪波。
仰望天空，
白雲是盛開的青春花朵。

十歲是一棵樹，
生長著芬芳的鮮果。

綠蔭如屏，
生命是璀璨的顏色。

十歲是一首歌，
充滿歡樂盈滿了喜悅。
向往未來，
用純真的眼睛註視世界。

儘管我很疲憊，
儘管我已衰老。
但十歲在我心中，
永遠是原野上一聲衝鋒的呼號。

心緣

自從認識了你，
每日都有無窮的眷念，
每日都有如夢的心境，
無奈你是一個謎，
常把難猜的謎底擺壓面前。

自從懂得了你，
每日都有難耐的渴望，
每日都有如潮的真情，

無奈你是一棵樹，
我無法佔有你全部的綠蔭。

自從理解了你，
每日都有相盼的時刻，
每日都有雋永的回味，
無奈你是一片帆，
我不能成為你永遠的港灣。

往事

當額頭出現了皺紋，
往事就是一根藤，
悄悄爬上了牆頭。

當花兒快要枯萎，
往事就是一股泉，
靜靜流進了心底。

當孤獨和艱難的時候，
往事就是一棵樹，
輕輕扶住了自己。

冬釣

我走在湖畔，
冬季是一片雪的愛撫，
梅花在枝頭微笑，
枯草在風中起舞。

畏寒的人們，
已躲進溫暖的小屋，
唯有勇敢的冬釣者，
將幾枝竹竿伸向小湖。

冬釣早晨，冬釣黃昏，
釣起人生無窮的樂趣，
雖然常常一無所獲，
但還是留戀著不肯離去。

儘管冬季蕭瑟，
不會總是空空的記錄，
祝願垂釣冬天的人們，
每個人都有寶貴的財富。

情思

我是春蠶，
陶醉在吐絲的時刻。
我是流泉，
向往著碧綠的原野。
我是小草，
不畏懼雷電的暴虐。
我是青藤，
追求著與大樹的結合。

冬日黃昏

要欣賞黃昏的神奇，
最好是冬季。
夕陽和潔白映照，
晚風像輕柔的梳子。

此時的遐想最為愜意，
思念像一只白鴿從雪地裡飛出。
此時的夢幻最為美麗，
憧憬如一只小船徜徉在浪裡。

不信，你踏上冬日黃昏，
讓晚霞牽動你的思緒。
只是前面的路布滿了荊棘，
千萬莫把旅途的方向迷失。

黃山戀

一

是山中的雲？
是雲中的山？
天上的瑤池點綴在人間。
是飄逸的夢？
是醉人的酒？
美景賦我無限的豪情。
天地間黃山巍然屹立，
偉大的祖國萬馬奔騰。

二

我雖遠方客，
常做黃山夢。
仰慕你的偉大，
追思你的舊蹤。
七十二峰聳立，
擋住八面來風。

江山美如畫，
能不愛慈母！

三

玉屏峰上黃山鬆，
昂首向陽傲蒼穹。
天低雲暗難擋，
根根枝條凌空。
狂風暴雨難摧，
樹干古色如銅。
到那裡去尋找你的形象？
黃山鬆，
賦予我啓迪無窮。

荷花

你出淤泥而不染，
碧池中亭亭玉立。
你迎風雨從不畏懼，
鬥波浪一腔豪氣。

我欣賞你的美麗，
更贊嘆你的膽識。
你在濃鬱的夏日裡，
盡顯戰士的英姿。

你嘲笑小草和浮萍，
甘於在綠色中長駐。
我若能和你在一起，
終生不會惋惜。

放風箏

春天來了，多麼美麗，
是春暖花開的季節。
孩子們追著春的腳步，
放飛風箏，放飛智慧和喜悅。

藍藍的天空上，
飄著孩子們的天真和純潔。
把童年的幻想，未來的追求，
化作只只金色的彩蝶。

可惜，我小的時候，
被忙碌的生活把熱情減弱。
那麼就讓我祝福孩子們，
永遠徜徉在綠色的原野。

心緒

那次我們一見如故，
牽動了你多情的思緒，
那天瀝瀝下著小雨，
雨中我們停下了腳步。

那次以後你就走了，
深情厚誼沒將你留住，
七月是梨花結果的季節，
到那裡去尋找你的去處？

生活中常常忘記許多，
忘不掉的是那一片翠綠，
從此我不再躊躇，
無愧無悔無所畏懼。

小島

我的小島美麗狹小，
沒有海燕沒有風暴，
卻有縷縷思念的陽光。

風吹相思樹，
伴我笑迎大海的波浪，
如果疲倦了，
小島就是溫暖的避風港，
給我愛情給我力量，
像真正的水手一樣堅強。
心中有了這樣一個小島，
人生不會去虛度時光。

我知道，在遙遠的地方，
也有一座美麗的小島，
也有相思樹，
有晶瑩的淚珠和鳥的翅膀。
風傳遞著訊息，
常常隔海相望，
海鷗把思念帶到身旁。
翠竹一樣常青，
山重水復擋不住地久天長。
只是那個美麗的傳說，
被染上了焰火般的輝煌。

致女中學生

為了讓生命，
像太陽一般輝煌，
今天的汗水和耕耘，
將收穫明日的芬芳。

既然已經啓程，
就不需要彷徨，
前程峰回路轉，
也有美麗明亮的地方。

丟掉憂鬱吧，
也不必惆悵，
困難只能使人更加堅強，
好水手才敢於遠航。

讓早戀的種子，
在不成熟的季節開花，
等到秋天來了，
只能收穫痛苦和失望。

把五彩繽紛的幻想，

都注入生命的渴望，
自己選擇的人生道路，
艱難困苦也不能阻擋。

當悔恨過去的時候，
現在已經失去了，
不要總是去詛咒黑暗，
聰明人最珍惜早晨的時光。

不論幹什麼，
總得選擇一樣，
重要的不是位置高低，
關鍵是要勇於後來居上。

這個年齡充滿活力，
這個年齡充滿希望，
越過沙漠，前面就是綠洲，
躺下去，只能留下夢想。

有多少人羨慕你，
有多少人嫉妒你，
珍惜如花的歲月，
在生命的宣紙上譜寫最美的華章。

切莫輕視了自己的價值，

祖國需要人才，需要棟梁，
像海燕迎風勇敢翱翔，
讓青春的火焰閃耀出萬丈光芒。

曇花頌

一

由於你美麗而短暫，
常有人把你蔑視，
常有人把你誹謗。

由於你纖弱而渺小，
常有人把你冷淡，
常有人把你遺忘。

在許多人心中，
你不過是一個追求時髦，
十分虛僞的形象。

二

其實，你未必是這樣，
你站立的時候，
比玫瑰還要漂亮。

其實，你永遠不偽裝，
你綻放的時候，
比晚霞還要輝煌。

寧肯生命短暫，
不願苟延殘喘，
這是何等崇高的志向。

三

當別人奔向光明，
你卻選擇黑夜，
在黑夜裡吐一片芳香。

當別人欣賞高亢，
你卻選擇沉默，
在沉默中把青春獻上。

你的品格真正偉大，
正如黎明前，
那顆熠熠閃耀的星光。

故鄉

微風搖曳，把我的琴弦撥動，
湖水蕩波，把歡快的歌兒吟唱，

我走在故鄉的田野，故鄉的小道，
像擱淺的船兒回到了海洋。

故鄉的歌聲多麼美妙，
故鄉的山川一片金黃。
沉甸甸的稻穗隨風舞動，
綠油油的果樹披五彩霞光。

拖拉機播種金色的理想，
趕集的人們笑談豐收好時光，
小伙子彈起幸福的吉他，
姑娘們穿上了節日的盛裝。

故鄉的泉水甜過玉液瓊漿，
故鄉的炊菸似仙境般使人迷惘。
當遊子回到故鄉的懷抱，
就沒有了猶豫，沒有了惆悵。

故鄉的泥土喲，濃鬱芳香，
故鄉的囑托喲，牢記心上。
祝願我的故鄉啊，
永遠都有朝氣蓬勃的新景象。

對節白蠟

小時候進山，
我看見你挺立在山野，
枝蔓纏繞，鬱鬱蒼翠，
彷彿光芒四射。

小時候我聽大人說，
你是最堅強的樹，
枝干結實，經風沐雨，
從不畏懼霜雪。

你寧折不彎的性格，
你無私奉獻的品德，
總是向上的追求，
不改樸素的本色。

你扎根於懸崖峭壁之上，
你坦蕩如皓皓明月，
你恰似一團火焰，
催人奮進，永不停歇。

而今，你走進了城裡，

在馬路兩邊成為一道亮麗的景色，
而今，你愈發威武雄壯，
被無數人爭相傳說。

你走進了盆景，走進了千家萬戶，
給人們帶來生活的甜蜜和喜悅。
你是人們心靈生動的寫照，
做人要像你一樣的踏實和純潔。

啊！對節白蠟，
你裝點自然裝點祖國，
深情厚誼難以取捨，
永遠是藏在我心底的一支歌。

致戀人

你是高山，
我便是峽谷，
生命的長風在胸中鼓蕩。

你是小草，
我便是泥土，
為你的生長奉獻全部的芬芳。

你是小鳥，
我便是天空，
讓你的翅膀自由翱翔。

你是春藤，
我便是綠樹，
向陽的鮮花終究要開放。

你是少女，
我便是兒郎，
純真的思念地久天長。

苦戀

想你很苦，戀你也很苦，
深情厚誼留你不住，
你說遠方有一種風景，
我說人生有你就很滿足。

盼你很苦，等你也很苦，
也許冬季本來就是嚴酷，
春天畢竟會到來，
風有一天呼嘯著穿過峽谷。

很苦很苦，
人生本來就沒有坦途，
愛情是我們的伴侶，
遙遙千裡不怕崎嶇。

啊，中國足球

也許是你太疲憊，
看不見我臉上的笑容。
也許是你太自卑，
聽不見我美妙的贊頌。
啊！中國足球，
在每個黎明和黑夜，
你都出現在我的夢中，
把億萬人的心弦緊扣。

多想你是凌空的雲燕，
多想你是雨後的彩虹。
你的舞姿是那樣優美，
你的激情是那樣洶湧。
應該說你已經成熟，
不再是春天培育的芒種，
應該說你會成功，
小球曾帶動了地球的轉動。

許多的假如和寬容，
許多的希望和激動。
多少人為你魂牽夢縈，
多少人為你把勁頭鼓足。
你拼搏，在大地留下深深的腳印，
你苦鬥，紅旗獵獵引你攀登高峰。
啊！中國足球，
你一路頂風逆水魅力無窮。

道路雖然崎嶇，
你扎根在祖國大地，
怕什麼風狂雨猛。
改革開放的中國人，
以嶄新姿態屹立於世界民族。
啊！中國足球，
無論失敗還是成功，
你永遠是我心中閃耀的明珠。

白玉蘭

你的窗口，
擺放著一盆鮮豔的白玉蘭，
我的心中，

是泛起了波浪的港灣。

清晨，我把她凝視，
黃昏，她將我召喚。
儘管相隔不遠，
但卻沒見過那雙深情的眼睛。

當我去遠遊，
總帶著她的思念，
當我沉睡時，
總夢見她的笑臉。

那花兒彷彿永不凋謝，
婀娜多姿立在我面前，
霎時，整個世界都很朦朧，
只剩下一片潔白和晶瑩。

微笑

那次我們分別，
你留給我一個美麗的微笑，
有如溫馨的春風，
有如帶露的小草。

從此山高水遙，
多少往事早已忘掉，
唯有那個甜蜜的笑，
印在心底恰似火苗。

你的微笑，化作我筆下的詩稿，
你的微笑，驅散我心中的煩惱，
只因，她是海天的風，
只因，她是夢中的錨。

可惜你已走遠了，
也許漂在天涯海角，
我多想還你一個成熟的笑，
讓我們肝膽相照。

距離

一

有人很近，
卻相對無言。
有人很遠，
卻心心相印。

生命，不因為短暫，
而失去輝煌。
愛情，不因為古老，
而失去新鮮。

失敗，不因為偶然，
而發生在瞬間。
命運，不因為無情，
而悲天憫人。

有人相逢，
卻只有沉默，
有人離別，
卻把淚譜成了歌。

二

你不認識我，
我不認識你，
我們都有火熱的心一顆。

你不懂得我，
我不懂得你，
我們都有過同樣的選擇。

你不理解我，

我不理解你，
生活是一條奔湧的大河。

你不羨慕我，
我不羨慕你，
我們都面對人生不再沉默。

三

歌不是夢，
夢不是歌，
歌與夢才是最好的結合。

哭不是笑，
笑不是哭，
哭與笑才是最美的生活。

天不是地，
地不是天，
天與地才是真正的遼闊。

你不是我，
我不是你，
你與我才是最美的花朵。

冬歌

一

整個冬天，
我都在想你，
想那些灰暗或明朗的日子。
有睡不醒的困惑，
有去不掉的倦意，
我們的人生，
也許那時才真正開始。
後來你走了，
披一身霜雪而去，
把那縷清香留在了山裡。

二

迷茫的時候不能沒有愛，
痛苦的時候不能沒有詩。
那個嚴酷的冬季，
寒冷使我們生死相依，
冬才展現出她的美麗。
可惜了那只小燕子，
當我們成熟的時候，

它卻悄無音訊，
帶走了我們的苦戀和思緒。

三

在原野裡，
我們沐浴了太多的風雨，
人卻因此衰老，
心卻因此固執。
雖然冬季的陽光，
閃著飄忽不定的影子，
給人以溫暖，
太陽既然已經出山，
就不會有許多的憾事。

四

那個冬天，
只有你的笑聲最甜，
像雨後綻放的月菊。
那個冬天，
只有你的歌聲最美，
似早春盛開的梅枝。
冬季是很寒冷，
冬夜卻敞開了心曲，
忘不了銘心刻骨的那一次。

五

你的紅頭巾呢?
那曾是我生命的旗幟啊，
也許已珍藏在箱底。
你的日記本呢?
那曾是我神往的地方啊，
記載著少女的足跡。
一切都如在昨天發生，
一切都不會有結尾的句子，
往事是一座輝煌的廟宇。

六

是在冬天，
我們開始咀嚼幸福，
是在冬天，
我們開始思索人生，
思索許多並不懂的事情。
冬讓我們養精蓄銳，
在艱難的磨煉中壯大了自己。
當春天到來的時候，
我們不再徘徊和幼稚，
唱一首喜愛的歌，
踏上人生長長的旅途。

七

冬的胸懷最博大，
寬廣，深沉，冷峻，瀟灑。
冬的性格最潑辣，
勇敢，熱情，堅韌，奮發。
雖然蕭瑟，總把春天向往；
雖然孤獨，總把綠色描畫。
要尋找冬天的追求，
要理解冬天的含義，
聽冰層底下的流水嘩嘩。

靈感自白

我是深山的一棵靈芝，
我是夢中的一朵鮮花，
我是原野的一陣春風，
我是思想的一匹駿馬。

我喜歡天賦和勤奮，
厭惡懶惰，厭惡自私，厭惡自殺。
時代的寵兒，生活的驕子，
卻無法燃起我愛的火花。

我寧願閃光和進取，
熱愛生活，熱愛鬥爭，熱愛奮發。
即使生命那樣短暫，
燦爛的青春如詩如畫。

我給藍天以純潔，
我給激流以浪花，
我給大地以靈氣，
我給森林以堅毅和挺拔。

讓卑賤者毅然崛起，
讓渺小者英姿煥發，
讓每支歌在風中流行，
讓每粒種子在心上萌芽。

我創造一切又十分羞澀，
從不在大庭廣眾下自吹自誇，
我承認天才更向往勤奮，
每一次耕耘都有豐厚的回報。

用勞動和智慧裝扮美麗的世界，
作為人，該是多麼自豪和高大。
朋友，你愛我嗎？
請築一座汗水和辛勤的金字塔。

桂林印象

一

我在夢中思念你太久，
一腔豪情洶湧在心頭。
我在畫裡描繪你太濃，
美的端莊秀雅。
每當想起你的古樸，
每當憶起你的醇厚。
桂林，我愛你，
願是灕江邊的一棵翠柳。

二

多少年的風雨，
更添你的窈窕和俊秀。
多少年的巨變，
鑄成你千姿百態傲蒼穹。
桂林像一杯濃鬱的美酒，
醉了四季醉了遊子的心頭。
桂林，我愛你，
你是祖國山河一顆璀璨的明珠。

三

我走近你還有些惶恐，

為你的囑托我將終生去戰鬥。

我思念你還有些憂愁，

跋涉者千言萬語難傾吐。

奇峰聳立山河秀，

祖國是我們力量的源頭。

桂林，我愛你，

有你才有我生命的追求。

湖邊草

你以為自己很渺小，

卻不知你在我心中的位置有多高。

你以為自己太脆弱，

可思念就是這樣固執而絕妙。

年年春來秋去，

歲歲風華正茂，

好一棵美麗堅韌的湖邊草。

你不屑與山花爭俏，

默默生長在春天的懷抱，

你不做飄移的浮萍，

捍衛著綠色的驕傲。
不怕風雪包裹，
不怕雷電肆虐，
好一棵驚魂壯魄的湖邊草。

我愛你情深依依，
山高水險不在風中跪到。
我愛你青春無限，
峥嶸嬌美為自己的堅守自豪。
吮吸湖的乳汁，
笑看碧天波濤，
好一棵恩愛難忘的湖邊草。

那次

那次我沒有去，
你在雨幕下，
竟站到星辰滿天的時刻。

那次我嘶啞了喉嚨，
你在小河邊，
為我把遍地的野花采摘。

那次我猶豫，

你在雪地裡，
用無限的愛戀將我包裹。

那次你走了，
我在夢中哭，
生命的花朵彷彿凋謝。

祝福

我知道你孤獨，
讓那只報春的鳥兒，
停歇在你的窗口。

我懂得你嘆息，
讓那座美麗的小島，
挺立在你的心中。

我理解你憂鬱，
讓那朵潔白的雲彩，
帶去我深情的祝福。

常青樹

那次我們離別，
你舉起纖細柔美的手臂，
似常青藤纏住了我的心扉。

雲裡霧裡依然青翠，
風裡雨裡更加嬌媚，
忘不了恩愛磨難的那一回。

林中的那棵楓樹，
散著帶露的芳菲，
杜鵑花綻開了美麗的花蕾。

堅定地忠於自己的選擇，
從不在鮮花叢中陶醉，
裝點自然獻身綠色無怨無悔。

是你引來甘甜的泉水，
澆灌滿山遍地生輝，
聽布谷三月聲聲啼歸。

永遠是青青的綠色，
愛才這般深情這般珍貴，

你千嬌百媚給人欣慰。

願相聚的時候，
常青樹下舉思念的酒杯，
我為你擦干那顆晶瑩的淚。

請與我同行

一

請與我同行，
那條路曲折蜿蜒，
你是否有山一樣的堅定？

請與我同行，
忘卻昨日的陰影，
走向鮮花盛開的早晨。

請與我同行，
磨難的愛才最純真，
生死相依兩顆思念的心。

二

分別的時候，

我看見淚水，
濕潤了你的眼睛。

相聚的時候，
多少夢中的話語，
竟長時間沉默無言。

唱一支歡快的歌，
你熱情似火，
煥發出迷人的青春。

三

請與我同行，
人生是一次遠徵，
有你就有希望的黎明。

請與我同行，
凄風苦雨嚇不住我們，
有你就有堅強的信念。

請與我同行，
綠水青山作證，
祖國是我們力量的源泉。

因為有了你

因為有了你，
生命才這樣美麗。
有堅韌不拔的熱情，
有無高不攀的毅力。
如果能為你奉獻什麼，
正是我心底的秘密。

因為有了你，
綠樹才這樣挺立。
給我海一樣的胸懷，
給我山一樣的意志。
如果有一天要分離，
我寧願化作了礁石。

因為有了你，
生活才有新的含義。
不懼山高坡陡，
不怕徵程千里。
如果人生也有驛站，
那是歡樂的芳草地。

那一天

那一天，正是酷暑的時候，
你送來瀟脫飄逸的微風，
柳枝婆娑起舞，
心情如三月裡的杜鵑紅。

那一天，正是鬱悶的時候，
你如彩虹出現在空中，
整個季節都變得柔和，
只有海上仍波濤洶湧。

那一天，正是思念的時候，
你靜靜出現在夢中，
如荷花一樣亭亭玉立，
如楊柳一樣風姿搖動。

那一天，你微笑著就走了，
聽不見我美妙的贊頌，
在你歸來的日子，
我滿腔的愛戀無法形容。

三月詩絮

一

相聚去春遊，
恰逢小雨的時候。
情絲縷縷，
愛戀悠悠，
小花傘遮不住五彩雲虹。
雨中尋找，
風中追逐，
踏上了前面那條小路。

二

你去採花，
說杜鵑最紅；
我去踏青，
說小草最綠。
紅的山花一簇簇，
綠的原野一叢叢。
春天是愛神，
裝扮著我們的幸福。

三

你生在平原，
沒見過大山的模樣。
我長在林區，
沒見過平原的寬廣。
都是美麗的家園，
都是可愛的家鄉。
我們用七彩的顏色，
畫一座愛的橋樑。

四

走過嚴冬，
踏平坎坷的徵途，
我們在春天的時光中相逢。
聽耳邊歌聲陣陣，
看滿山杜鵑紅透。
有我們的勤奮與耕耘，
有我們的愛情與忠誠，
生活會變成閃光的珍珠。

江漢水杉

你是遠古的精靈，
你是巍峨的象徵。
你頂天立地，昂首蒼穹，
你勃勃生機，四季如春。

你是地球的化石，
你是鮮活的生命。
你不屈不撓，經歷磨難，
你鬱鬱蒼翠，千錘百煉。

你長存的是靈魂，
你不朽的是精神，
江漢水杉，
夜夜使我魂牽夢縈。

你傲視群雄的英姿，
你婀娜多姿的妙影，
江漢水杉，
日日是催人奮進的歌聲。

江漢平原

你遼闊的田野一望無際，
你豐收的果實油光閃亮，
你如畫的風景千姿百態，
你美妙的歌聲傳向四方。

你平原上是綠油油的大豆高粱，
你地底下是豐富的石油蘊藏，
你美麗的河流千折百回，
你堅強的兒女英姿颯爽。

你春天遍地油菜花黃，
你夏季楊柳無限風光，
你秋天碩果累累，
你冬季披上了雪白的銀裝。

你每天都在勞動和創造之中，
你每天都在譜寫新的華章，
你每天都有不朽的杰作，
你每天都有嶄新的形象。

江漢平原，我是你的兒子，

是你的乳汁喂養我成長。
江漢平原，你是我的故鄉，
是你的撫育使我格外強壯。

你厚重的民風那般淳樸，
你悠久的歷史威名遠揚，
你追求卓越引領風尚，
搭起了通往五湖四海的橋樑。

啊！江漢平原，
我沐浴你的恩澤成長，
用我的全部生命報答你，
用我的心血為你打扮梳妝。

啊！江漢平原，
像一杆大旗呼啦啦飄揚，
在改革開放的大潮中，
你似一艘巨輪揚帆遠航。

梔子花開

梔子花開，滿庭芳香，
摘一朵戴在你的頭上，
讓你重回十八歲的模樣。

梔子花開，如願以償，
有如花兒一般的雪白，
有如花兒一般的鮮亮。

梔子花開，點燃當年的夢想，
像楊柳枝婆娑起舞，
像蓓蕾在春天裡綻放。

梔子花開，彷彿少年的張狂，
沒有人生路上的困惑，
沒有生命中的絕境和彷徨。

梔子花開，讓我無限遐想，
為了你的美麗永存，
我願化作培育你的土壤。

大雁

看那大雁飛過，
心中的言語無法描說。
一年又一年過去，
生命的小河還能蕩起清波？

看那大雁飛過，
是去尋找往昔的歲月。
曾經的熱情似火，
小路見證了我們悲壯的時刻。

看那大雁飛過，
倔強如你的性格，
藍天白雲崇山峻嶺，
永遠是你昂揚的高歌。

致友人

一

莫說形單影只，
莫說飛短流長，
人生畢竟只有一次，
願常見你的笑語朗朗。

莫說旅途漫長，
莫說痛苦無望，
幸福生活靠自己尋找，
天空常有一輪火熱的豔陽。

莫說山重水復，
莫說感懷悲傷，
心永遠朝向未來，
不怕崎嶇和雲霧迷障。

二

人生雖然短暫，
總是充滿了希望。
你希望的時候，
我就是一縷陽光。

旅途雖然寂寞，
總是伴隨著歡樂。
你歡樂的時候，
我就是一首短歌。

道路雖然漫長，
鮮花依然開放。
你微笑的時候，
如三月早春的海棠。

百合花

潔白的百合呵，
你在哪裡生根開花?
可知我的愛戀與痴情，
可知我的向往與描畫。
冬季播下種子，
三月就悄悄發了新芽，
待到冬季結果的時候，
你的風姿該多麼瀟灑。

可愛的百合呵，
你在哪裡茁壯長大?
可知我的歡樂與牽掛，
可知我的心事與疲乏。
春天培育了你，
七月就染了綠夏。
滿園都是芬芳的氣息，
讓我重回十八歲的年華。

風采依然

常常有一種感覺，
夢見你姍姍走來。
一睹你的芳顏，
一睹你的風采，
有你才有我的存在。

常常有一種思緒，
難忘你微笑的神態。
誰說青春已去，
誰說鮮花不再盛開，
看夏日裡我們默默的情懷。

常常有一種期待，
回味雨中那次的徘徊。
共撐一把小傘，
走向人生的世界，
青春花朵開不敗。

傾訴

我是一只鳥，
默默地歇息在你的屋檐。
我是一棵樹，
倔強地挺立在你的窗前。
我是一株草，
靜靜地生長在你的腳邊。
我是一滴水，
全部溶化在你的心裡。
只因為青春染紅了我，
愛才這樣一往情深。
只因為陽光給了我力量，
我才不惜為你而獻身。

希望

我夢，我想，
總希望自己有一雙翅膀。
我寫，我唱，
總希望自己有一把刀槍。
我哭，我笑，

總希望自己變得堅強。
我咒，我罵，
總希望黑暗就被埋葬。
希望像朵美麗的花，
我用心血澆灌它開放。
有一天我會精疲力竭，
希望就成為了我的墓場。

假如

假如你是大海，
我是水中的遊魚，
假如你是高山，
我是峽谷中的小溪。

假如你是小草，
我是晶瑩的露珠，
假如你是飛鳥，
我是熱情的風笛。

我們的生命已經融為一體，
共同抵禦寒冷的侵襲，
我們用智慧和雙手去創造生活，
前面是一片嶄新的天地。

假如山重水復，那又算得什麼？
兩顆心永遠連在一起。
假如命運無情，那又會怎樣？
正好用利刃去斬斷荊棘。

苦難中心是多麼容易相通，
生活磨煉出堅強的意志，
為了達到幸福的彼岸，
快揚起生命的風帆出擊。

眼睛

她的那雙眼睛，
似秋水一般清澈，
洗淨了我的憂愁，
使我變得年輕。

她的那雙眼睛，
似露珠一般晶瑩，
話語像甜蜜的甘汁，
我干渴的想飲。

她的那雙眼睛，

帶來一個多情的春天，
我在春風中醉了，
忘記了黑夜與黎明。

哭黛玉

世上竟有這樣的不平，
人間的鮮花被殘酷踐踏。
世上竟有這樣的遭遇，
旺盛的生命被愚昧扼殺。
黛玉，你死了，
一汪清泉被黃土掩埋。
黛玉，你去了，
一只鳳凰被無情射下。
我為你哭泣，
滿腔悲哀無法表達。
勇敢的叛逆兒，
你那纖弱的身軀，
怎禁得狂風暴雨的摧打？
你終於倒下了，
眼睛並沒有閉上，
頭顱沒有低下。
你是被黑暗世界扼殺的，
他們是殺人如麻。

你是黑夜中的飛蛾，
生命放射出光華。
黛玉啊，你可知道，
你詛咒的那個社會，
早已被偉大的奴隸打垮。

贈言

我們曾經是小草，
現在也不是大樹，
既然浪花下面有珍珠，
尋找的決心就義無反顧。

我們曾經很稚氣，
現在也沒有成熟，
既然人生的意義是進取，
所有拼搏都成為寶貴的財富。

我們曾經很渺小，
但沒有喪失高大的慾望，
既然一切都有可能，
英雄不問去處。

尋找

你在人海的哪一個位置？
你在生命的哪一個角落？
世界實在太大了，
也許你聽不見我的歌。
但心仍在尋找，
不怕徵程坎坷曲折。

生活又確實很奇妙，
讓我們相逢在夏日的拂曉。
此時百鳥還沒有鳴叫，
雲霧把綠樹籠罩，
彼此能聽見心的跳躍，
感覺如炊菸一般裊裊。

握緊你的雙手，
心兒肝膽相照，
人生能愛一次還有什麼，
許多的財富都不能比較。
看遠方挺立著美麗的小島，
冬天過去春天永遠是微笑。

六月的一天

六月的一天，
下了一陣濛濛小雨，
樹葉悄悄搖動，
風從柳林裡輕輕透出。

蟬鳴也停止了，
不知飛往哪棵小樹，
只有白鴿，
撲打著雙翅沉默不語。

心無須用語言表達，
激情如晶瑩的露珠，
也許人生的旅途太疲憊，
讓我們在那個寧靜的街口相逢。

六月的這一天，
夏日露出了寧靜與溫柔。
所有的思念和向往，
都化作了美麗的旋律。

踏青

踏青的時候，
我們相約去遠方。

去尋找童年的夢幻，
去吮吸杜鵑的清香，
去磨礪堅韌的意志，
去決鬥黑暗的妄想。

看見你笑語朗朗，
我理解你心底的善良，
看見你風華正茂，
我羨慕你自由的目光。

春天多麼好，
留下你美麗的新妝，
流水多麼響，
猶如你歌喉一般的明亮。

踏青的時候，
我們相聚在遠方。

回憶

那一次夜晚，
我們手挽手，
沿著那條幽靜的小河。

你說了什麼，
我已不記得，
只看見你眼底的秋波。

你唱了什麼，
我也不記得，
只感覺你青春似火。

願小路無盡頭，
愛是天長地久，
每一分耕耘便有一分收穫。

京山漫步

京山漫步，
看改革開放的春風，
吹開梅花幾度。
京山漫步，
聽號角聲聲，
似有濤聲無數。
高聳的樓群，
寬廣的大路，
把一代代創業者的心血凝聚。
明亮的燈光，
多情的小雨，
似在把昨天的故事講述。

今天的京山，
是一幅嶄新的畫圖，
美不勝收啊，
只有憧憬如故。
今天的京山，
是一部兼容的史書，
人才的搖籃啊，
只有春色永駐。

多少人為你自豪，
多少人向你注目，
試看明天的京山，
必將是花團簇錦的園圃。

京山漫步，
把多少情愫孕育，
多麼歡欣鼓舞。
京山漫步，
看意氣風發的人們，
踏準時代節奏。
京山人，
有一腔沸騰的熱血，
有一片赤誠的肺腑。
京山美呵，
我愛你，
愛你的青春朝氣，
我願是你懷中的一棵綠樹。

送你一束紅玫瑰

三月玫瑰，
杜鵑啼歸，
紅似鮮血情已醉。

長在高高的山嶺，
開得分外嬌美。

送你一束紅玫瑰，
可知愛之芳甜？
可知情之珍貴？
一路青山處處翠，
嫩枝早春吐花蕊。

送你一束紅玫瑰，
願你生活甜美，
願你青春無悔。
高山那有平靜的峽谷，
不懈的奮鬥才真正萬歲。

送你一束紅玫瑰，
願你愛情幸福，
願你情深似水，
生活並不只是鳥語花香，
更有寒冬飛雪和烏雲低垂。

有你與我同行，
墓場鮮花永不枯萎，
旺盛鬥志永不衰退。
有你與我同歌，

高山流水顧盼生輝。

送給你啊，
理想的雲帆，真摯的祝願，
願你做雄鷹展翅高飛。
送你風雪中的留影，
送你一束鮮紅的玫瑰。

春雨

你來自大海，
你來自藍天，
你來自蒼穹，
你來自小溪。
春雨霏霏，春雨瀝瀝，
紅了櫻桃綠了荔枝。
春雨盈盈，春雨細膩，
紅了野花綠了草地。
充滿了智慧充滿了神奇，
充滿了天地間詩情畫意。
是森林賦予你生命，
是天地將你孕育。
你是一首美麗的詩，
你是萬物的源泉，

你是自然的杰作，
你是最美的故事。

石榴

三月春風奔跑在原野，
紅了桃花紅了石榴的枝葉。
你春天開花秋天結果，
每一顆果實都是一首透明的歌。
你忠誠堅實任人解剖，
像珍珠閃爍讓人思索。
你紅得鮮豔紅得磊落，
風雨吹不掉盛開的花朵。
我把你當作了一個楷模，
朝夕激勵我去勇敢拼搏。
我把你看作了一個縮影，
高尚的品格多麼難得。

明日騎行

今夜我們約定，
明日要去遠方騎行。
目標有些遙遠，

那曾是我們心儀的一座小城。

當年我們月下約定，
要共同走向青春的明天，
命運無情將我們分離，
相聚時已是斑白兩鬢。

如今我們重逢，
還有年輕的夢年輕的心，
任它山呼海嘯風暴雷霆，
勇敢地選擇風雨兼程。

明日騎行，
看楊柳垂岸朝霞滿天，
也許坎坷也許蜿蜒，
義無反顧是我們的誓言。

山戀

因為你有那棵草，
我便愛得痴情愛得每天都煩惱。
太陽躺在湖面上，
晨霧東搖西蕩輕飄飄。
綠色小草誰不愛，

千姿百態分外嬌。
山上的小草哪棵不是經風暴！

因為你有那棵樹，
我做人從此不猶豫。
喜歡那片綠蔭，
喜歡樹下的那條小路。
願她生長得枝繁葉茂，
聳立在我的心中，
伴我踏上人生的旅途。

向日葵

你把整個地球縮小，
用金黃的顏色面向太陽。
你從不把環境計較，
無論溝壑無論地角都能生長。
你的花朵濃鬱芳香，
葵花籽蘊含豐富的營養。
儘管人們常把你遺忘，
你以站立的姿勢倔強向上。
儘管風雨常把你搖晃，
你扎根泥土生機興旺。
你不悲嘆生命的短暫，

默默報導大自然的春光。
我愛你美麗的風采，
永遠笑迎季節的風霜。

希望大廈

每日在心中把你描畫，
每夜在夢中看你開花。
恰似明媚的陽光，
無限溫暖又遠在天涯。

你是一片綠洲，
你是一朵雲霞，
是你用甜蜜的愛戀，
築成了我做人的骨架。

你給我男子漢的堅強，
你教我不要把頭顱低下。
旅途本來很寂寞，
有你便有了希望的大廈。

心願

你疲憊的時候，
我是你有力的臂膀。
你憂傷的時候，
我是你歡樂的曲調。

你失意的時候，
我是你貼心的話語。
你歡樂的時候，
我是你臉上的微笑。

我願是你的守護神，
伴隨著你生命的每分每秒。
我願是你的吉祥鳥，
日日報導著春天的信號。

致朋友

一

路邊有棵樹，
倔強地長出了新綠，
常常被山把陽光擋住，
常常頭頂著凄風苦雨，
從不低頭，從不畏懼，
終於頂破了頑土，
伸展出傘一樣的花絮，
朋友，你是否理解，
昨天的故事是一本書。

二

早知道生活是這樣該多好，
早知道眼前道路只有這一條，
那麼，我們會微笑，
不會有那樣多的煩惱。
可惜生活太奧妙，
可惜那時我們懂得太少，
便有了昨日的徘徊，
多夢的季節和心底的惆悵。

願故鄉的風，
吹給你清新的感覺。

三

生命太短暫了，
從你的皺紋我便知道。
要做的事情太多，
每天都在忙碌中生活。
可是在夢中，
我常常聽見你的那支歌，
帶著淒迷和思念，
回到曾經淌過的小河。
那時我們太年輕，
把多少好歲月錯過。

玫瑰園

花的山，花的海，
花的美景，花的世界。
我們為玫瑰而來，
欣賞玫瑰的千姿百態，
我們為玫瑰而歌，
贊美玫瑰的萬般風采。

人在花中走，
笑在花中開，
影在花中留，
心在花中愛。
辛勤培育了玫瑰園，
玫瑰才有這芬芳的氣概，
汗水澆灌了玫瑰花，
玫瑰才有這秀美和豪邁。

多想搭起一座帳篷，
和玫瑰永不離開，
學玫瑰的堅韌和意志，
學玫瑰的風格和情懷。
美好生活靠雙手剪裁，
我們不能猶豫和等待。

騎行者的歌

來自每一條山溪，
來自每一條小河，
來自每一座高山，
來自每一片森林。
我們匯聚一起，騎行去！
揚起生命的風帆。

每個人都有一份信念，
每個人都有一腔豪情，
每個人都有一個故事，
每個人都有一種精神，
我們集合起來，騎行去！
跋涉使我們更加年輕。

不貪圖生活安逸，
不稀罕美味佳肴，
不迷戀床前月光，
不拒絕雪雨風寒。
我們堅定不移，騎行去！
生命煥發出青春的光焰。

無名花

你開放得這般絢麗，
只把渺小的身軀，
藏進五顏六色的花叢裡。

你凋謝得無聲無息，
只把堅實的骨朵，
化作了風雨中的塵泥。

寧肯短暫，
也要如畫如詩，
儘管弱小，
也要添一分美麗。

沒有人為你贊美，
沒有人為你嘆息。
山花爛漫的時候，
你堅守在自己的位置。

樹

活著的時候，
你頂天立地；
倒下的時候，
你一片翠綠。

年少的時候，
你播灑美麗；
年老的時候，
你貢獻身軀。

不需要贊美，

不需要裝飾。
只因你的那支歌，
化作了如訴如泣的春雨。

思念

總想聽你的話語，
總想看你的笑臉，
你莫非是一個纏人的精靈？

總想拉住你的手臂，
總想靠在你的雙肩，
你妙曼的舞姿使人想起常青藤。

總想凝視著你的眼睛，
總想描畫著你的神情，
你默默的情懷有何等的風韻！

思念是首唱不完的歌，
即使你遠行天涯，
心中的思念也永遠似海浪奔騰。

綠洲

你總是不語，
只將明亮的眼睛，
默默地註視我。

你總是微笑，
只將溫柔的手，
輕輕地扶上我肩頭。

你總是不走，
只將白鴿放飛，
勾去我無限的思愁。

你總是期盼，
才將哪朵花兒，
插在我心底的綠洲。

人生

人生是什麼?
是一只飛翔的白鴿,
有遼闊蔚藍的天空,
有狂風暴雨的阻遏。

人生是什麼?
是一條奔流的小河。
也許與大海匯合,
也許干涸在田野。

人生是什麼?
是一簇熊熊燃燒的火。
如果你失去了奮鬥的勇氣,
火焰很快就會熄滅。

你好，朋友

一

我們分別的時候，
秋天還沒有成熟，
我們相逢的時候，
楓葉已幾度紅透。
你好，朋友，
敞開我們熱情的歌喉。

二

我走向你雲霧飄緲，
我奔向你心旌搖蕩。
心中的旗幟不倒，
何懼人生的風狂雨暴。
走過那片沼澤地，
前面是寬廣平坦的大道。

三

我們也許失去的太多，
可你從沒有怨恨過什麼。
只是默默地勞作，

只是盼著秋天的收穫。
我願與你去跋涉，
人生還有什麼艱難和坎坷！

無語

望著你遠去的背影，
我嘴唇嚅動，
卻不知說些什麼。
這一去或許就是永別，
你難道沒有感覺？
而我卻只能保持沉默。
命運將我們分離，
兩顆心從此山重水隔，
人海茫茫哪裡是結果？
你竟一句也沒有說，
讓我心中這般難過。
只要我還活著，
就會用你的愛，
描畫我生命的綠色。

青春故事

一

你從林中走過，
眼前飄過彩雲一朵；
你從遠方歸來，
大地灑滿了春色。
你是路邊的小草，
我願是晶瑩的露珠；
你是清澈的流水，
我願是多情的峽谷。

二

我們這個世界，
什麼都會逝去，
唯有青春的綠蔭，
才使大地永恆。
我們這個世界，
什麼都會衰老，
唯有青春的存在，
生命永遠旺盛。

三

蟬鳴蛙鼓，
花開花落，
唯有青春的風，
才是最動聽的歌。
藍天白雲，
高山大河，
唯有青春的帆，
才是最美的顏色。

有一種愛

有一種愛，
永不能在你面前提起，
只能深深留在記憶。

有一種愛，
永不能對著你唱出，
只能靜靜地埋在心底。

有一種愛，
永不能像鮮花爭妍，
只能隱隱似鬆樹的淚滴。

有一種愛，
真的很美麗，
她是世上最純真的友誼。

下雨的時候

下雨的時候，
我們沒有畏縮，
同撐一把小傘，
走進綿綿細雨中。

聽你講平原的故事，
如飲醇香的美酒。
道路雖然崎嶇，
不曾停止過腳步。

儘管前方的路，
也許風狂雨猛。
但雙臂挽在一起，
不怕山高水阻。

花傘下的你，
此刻多麼嫵媚。

願我是一棵樹，
永遠為你遮風擋雨。

愛心

愛心丟掉了，
生命因此而煩惱。
總有無止境的貪欲，
幸福那裡找?

愛心丟掉了，
生活因此而枯燥。
總有扯不斷的抑鬱，
無止境的計較。

愛心丟掉了，
人生因此而莫名其妙。
心胸變得狹小，
陽光也不再閃耀。

醉秋

我躺在她身邊，不想起來，
我撲進她懷裡，不願離開。
秋啊，你是多麼令人陶醉，
像吮著母親甜蜜的奶。

你在春天就播下了種子，
你在夏季就敞開了胸懷。
帶一片風霜而去，
披一身金黃而來。

你把豐收贈給人間，
你把笑臉掛滿了兩腮。
像一位美麗多情的少女，
獻出了純潔無私的愛。

秋啊，我怎能不想你，
你使我青春常在。
秋啊，我怎能不愛你，
為你我不惜化作了塵埃。

最冷的季節

自信常常不孤獨，
最冷的季節，
還是感到了若有所失。
寂寞像潮水湧來，
時光變成難捱的日子。

田野一片蒼白，
心頭籠罩著憂鬱，
思緒卻很興奮。
過去美好的一切，
已走進深深的回憶。

堅信寒冷不會持久，
春色已初綻在枝頭。
熱情是生命的支柱啊，
命運不是圓圈，
一切在於自己努力奮鬥。

夢中

有許多的話要對你說，
不知道自己在猶豫什麼。
有許多的事要為你做，
不知道自己在彷徨什麼。

我對自己唱，對自己歌，
儘管歌中含太多的苦澀。
我對自己講，對自己說，
儘管人生有苦也有樂。

心跳與你同一節拍，
忘卻當年曾有的困惑。
夢中與你心心相印，
記住春天是播種的季節。

等待

你向我走來，
眼前呈現出一個新世界。
你向我走來，

天空飄過一片雲彩。

有如槐花在七月盛開，
有如春風吹進心懷。
人生雖然不平坦，
有這一刻就不再徘徊。

你使我懂得什麼是愛，
生命的追求該怎樣理解。
我將用愛的彩筆，
去編寫一部青春的辭海。

你向我走來，
深情的眸子飽含著愛。
我向你奔去，
天地間不再有永遠地等待。

盼

想你的時候，
血液凝固了，
豔美的花朵綻開在拂曉。

恨你的時候，

冬天已去了，
愛的土地上又長出翠綠的小草。

盼你的時候，
天轉多晴了，
昨天的日子又怎能忘掉?

等你的時候，
黎明已到了，
看屋檐下飛出兩只美麗的小鳥。

在河邊

那一年夏夜，
在河邊，
我們捕捉螢火蟲。
為了等你，
直到星辰滿天的時刻。

這一年春夜，
在河邊，
我們唱著小時候的歌。
手挽著手，
回味少年的歡樂。

小花

這裡過去是一片廢墟，
人們的腳步常來踐踏，
石頭星羅遍布荒野，
誰料石縫中開出了一朵小花。

花兒像一位倔強的少女，
迎著風雨在苦難中長大。
嚴寒中，開得分外絢麗，
暴雨裡，長得更加挺拔。

我從小就喜歡各色的花，
卻無論如何不敢把她摘下。
朝染晶瑩的露珠，
晚綴美麗的晚霞。

石縫中長大了一朵小花，
只要有種子，生命就會發芽。
我願化作甘甜的泉水，
澆灌花朵香飄天涯。

航標燈

靜靜地漂在海面，
扎根在風浪中間，
似一顆透明的水晶。

是航船的希望，
是大海的黎明，
跳動著漁家兒女的心。

默默地堅守黑夜，
從沒有半句怨言，
清晨擁出朝陽一輪。

風浪只是太小的考驗，
燃燒才是你的生命，
是你把黑暗驅向天邊。

啊！航標燈，
當航海的人們唱出贊美，
你卻融入了太陽的光線。

寶峰湖

你歡樂的時候，
笑容在你臉上蕩漾。
你平靜的時候，
優雅是你的形象。

當朝陽從東方升起，
你喜歡在雲霧中躲藏。
當晚霞染紅了大地，
你喜歡在朦朧中換裝。

滿山翠竹把你包裹，
陣陣春風為你梳妝。
當我走近你的身旁，
你用雨露滋潤我的胸膛。

美麗的寶峰湖，
真正令我心馳神往。
祖國山川美，
處處都是可愛的故鄉。

愛情

像小河流進了海，
像鮮花在原野上盛開，
當年輕的心充滿了期待，
愛情已悄悄到來。

愛是兩顆心的碰撞，
迸發出絢麗的光彩。
愛是兩束光的折射，
照亮了年輕的胸懷。

像莊稼和雨水融合，
像鳥兒和藍天同在，
愛意味著真正的理解，
有愛才有美麗的世界。

致遠方

一

當青春在歲月的顛簸中逝去，
而浪濤在醞釀新的崛起。
當風撫平了心上的皺紋，
看遠山已經高高聳立。

我們的夢總是在午夜出現，
有深深的遺憾也有甜甜的蜜意；
我們的歌總是在黃昏唱起，
朝陽明天又會重新升起。

不必詛咒無情的命運，
有時離別是一支芬芳的小曲。
來也坦然，去也輕輕，
生命經不起太多的堆集。

我們就在生活的激流中歌唱，
我們就在坎坷的旅途中相依。
生命對我們永遠年輕，
不怕前面還有暴風驟雨。

二

也許淚水太多，就模糊了雙眼，
也許思緒太濃，就淡泊了意志。
得到什麼總有一些失去，
只要人生的旅途上還有你。

也許坦途，也許崎嶇，
生命的意義在於搏擊。
我活著之所以不是別人，
寧肯大起大落，不願苟延喘息。

也許未來不盡人意，
走過的路，還有什麼惋惜。
我知道追求太高人生也就活著很累，
但既然已經起程，就決不會停止。

為了尋找生命的綠洲，
任憑干渴撕扯我們的旗幟。
人生實在太短暫了，
不能等待，不能猶豫。

三

我願是一棵樹，在你的窗前站立，
我願是一支歌，在你的耳邊響起。

最終我還是成為了一棵草籽，
去深深地種在了你的心底。

即使貧困潦倒，讓我們互相攙扶，
即使風高浪激，讓我們共同抵禦。
有什麼能阻止對幸福的追求，
有什麼能遏止對虛偽的唾棄。

儘管山高路遠，
讓我是你背上一支玲瓏的短笛。
儘管旅途遙遙，
讓我是你心中一首默默的小詩。

離別和相逢，正如潮落潮起，
思念和回憶，正如綿綿的江南雨。
無論我們走向哪裡，
青春的愛戀都是最美的故事。

重踏小路

一

當我們春天裡相逢，
相約去重踏那條小路，
只怕路邊的小樹，
枝條已經凌空。
我們從濃蔭下走過，
尋找青春的好夢。
只怕綠色的田野，
已盛開杜鵑叢叢。
我們當年的耕耘與播種，
已化作了雨後的彩虹。

二

當我們離別後相逢，
相約去重踏那條小路。
微風輕拂，月也朦朧，
可還有當年少女的芳蹤？
春來秋去，人也匆匆，
可還記得集體戶中的歡聲笑語？
我們的夢想與追求，

永遠似潮水在心中奔湧。

三

當我們夕陽下相逢，
相約去重踏那條小路。
每一片青青的草地，
每一間沉默的小屋，
似在把過去的故事講述。
路邊的無名小河，
彎彎流進了峽谷，
是否我們的人生，
也需要不懈地奮鬥？
小路是一本書啊，
讓我們把過去永遠記住。

梨花

三月裡悄悄發芽，
經風沐雨長大；
四月裡長得挺拔，
好一幅清新秀美的畫。
梨花梨花，
你的倩影多麼瀟灑，
梨花梨花，

你的品格多麼樸實無華。

八月不見了梨花，
果實卻在枝頭高掛；
九月秋高氣爽，
甜美的果實香飄天涯。
梨花梨花，
夏日是你成熟的季節，
梨花梨花，
伴隨我把童年的小路重踏。

雨露

原先這裡沒有樹，
遍地是一片荒蕪，
是我們為了尋找寶藏，
踏出了一條小路。

原先這裡沒有歌，
只有寒冷與寂寞，
是我們搭起了帳篷，
開拓出一片苗圃。

原先這裡沒有草，

生命卻頑強長駐，
漸漸有了愛的雨露，
有了五月的蛙聲如鼓。

對一棵大樹說話

我們來的時候，
這裡曾是那樣荒蕪。
風，沒把我們吹走，
雷，沒把我們嚇住。
我們點燃篝火，搭起帳篷，
明亮的火焰映紅了峽谷。
我們播下種子，栽下小樹，
熱情使這片荒山復甦。
如今，你長得枝繁葉茂，
翠綠系住了多情的雲霧。
井架與高山媲美，
小鳥在枝頭起舞。
耳邊回響著青春的戰鼓，
為什麼總愛凝望那條小路？
那裡有愛情的鮮花盛開，
那裡有五彩的人工湖。
大樹啊，你曾給我們蔭涼，
大樹啊，你曾把我們攙扶。

我們不會老，
還要描繪錦綉一幅，
你也不會老，
腳下正生長著一片苗圃。
是你的呼吸養育了生命，
是你的種子頂破了頑土。
和你在一起，
多麼幸福，
把生命的追求向你傾吐。
我會記住你的囑咐，
勇敢地踏上人生的旅途。

年輕人之歌

我們年輕，就是說，
有年輕的思想，
有年輕的性格。

我們年輕，就是說，
有年輕的胸懷，
有年輕的熱血。

我們年輕，就是說，
是舊世界的喪門鐘，
是新時代的創造者。

我們年輕，就是說，
是祖國的未來，
是人民的寄托。

我們年輕啊，
意味著無休無止的追求，
意味著無始無終的開拓。

讀

沉寂的夜，
仿佛空氣也凝固了。
唯有思索的大腦，
還在緊張地運轉。

我已身心疲憊，
但又無法睡眠。
書頁中的火花，
總在眼前閃現。

歷史和現實，
描繪著人類的未來。
人畢竟太渺小，
智慧使人變得崇高。

秋雨

秋雨朦朧，
是朦朧的時刻。
你從眼前走過，
我卻全無知覺，
任腳下流水淌成了小河。

秋雨纏綿，
是纏綿的季節。
你的那封來信，
竟讓我無法睡眠，
睜大眼睛把幸福猜測。

秋雨淅瀝，
是淅瀝的歡歌。
你的那份深情，
是秋天成熟的果，
澆灌了我們的思念和心血。

心事

那天我想唱支歌，
卻嘶啞了喉嚨。
那天我想對你說，
卻始終沒有說出口。
漫長的沉默，
漫長的忍受。
你竟也沒有說什麼，
只說了一句，我要走。
魂兒便隨著你去了，
等你歸來的時候。

我想送你那首詩，
沒想到你已出門去遠遊。
終究還是要送給你，
年輕的理想和追求。
你走的那天早晨，
竟沒有看過我一眼，
甚至走過也沒有回頭。
但我總要惦記著你，
這正如在嚴冬，
寒冷蘊藏著春的暖流。

自白

我雖然渺小，

也有自己的事業和生活，

有自己的愛情和選擇。

我喜歡白雲，

用不著包裹；

我喜歡坦率，

用不著做作。

雖然我的力量太單薄，

不能像火山那樣轟轟烈烈，

但我活著，並不感到難過。

我把我所有的一切，

都溶化在了祖國的心窩。

彩虹

雨中我站得太久，

衣服已經濕透。

望著雨幕，

依舊在等你歸來的時候。

儘管風寒，
儘管朦朧，
有你就有希望的綠洲，
有你就有我執著的追求。

不能忘記，朋友，
我們曾度過了怎樣的嚴冬。
春天是擋不住的，
看天上雨後呈現的彩虹。

相逢

相逢在一起，
我們就沒有了嘆息，
青春的火焰在心中萌動。

相逢在一起，
我們就沒有了憂鬱，
生命呈現出彩色的天空。

相逢在一起，
我們就沒有了惶恐，
踏著月色去尋找小路。

相逢在一起，
是這樣的幸福，
攜一片忠誠去踏上旅途。

向往成熟

是兩顆熟透的果子，
同時掉在了地上。
是兩只離巢的鳥兒，
一起飛向遠方。
愛的兩股流泉，
匯成了一片歡樂的海洋。
跳蕩的兩顆心，
溶化了一切遙遠的交響。
語言已顯得多餘，
只要心心相印，
太陽便永遠輝煌。

寂寞

你走的時候不對我說，
你唱的時候不對我歌，
只剩下我一個人，

這個世界多少顯得有些空闊。

只剩下那棵微微擺動的小樹，
只剩下那個你曾坐過的角落，
只剩下那盞忽明忽暗的燈火，
只剩下那支如訴如泣的夜歌。

你為什麼要走，為什麼不對我說?
過去的一切已化作飄散的雲朵。
你為什麼要唱，為什麼不對我歌?
讓我在風雪中忍受這般的折磨。

那珍貴的愛，已遺失在林中了，
我該去尋找踏遍草澤。
那難忘的夜，已如流星逝去，
眼前是一片美麗的田野。

我念著你的名字，
就一片溫馨沒有了膽怯。
我捧著你的芳甜，
就戰勝了恐懼堅定了氣魄。

孤單的時候，真有些累了，
多想靜靜品嘗愛的喜悅。
夜深的時候，真有些煩了，

多想眼前有一支秀美的歌。

堅強的戰士，熱愛沸騰的生活，
堅韌的磨難，鑄煉堅忍的品格。
戰士自有戰士的忠誠，
心中蘊藏著愛的赤熱。

遊歸元寺

儘管泥胎沉默無言，
信神者總是要點燃香燭。
儘管科學告誡人們，
總有人盲目地崇拜迷信。

一半是祈禱，一半是神仙，
還是由人來主宰命運。
一半是好奇，一半是膽怯，
誰聽見過菩薩的金口玉言?

要在這裡塑一塊石碑，
記住我們沉重的昨天。
要讓春風吹進窗來，
驅散黃昏時光的餘菸。

泥胎畢竟是人做的，
不過是塗上了一層紫金。
如果因此而頂禮膜拜，
才是世上最荒唐的事情。

今天的時代，已不是從前，
科學和創造比翼飛騰。
今天的人們，已不是過去，
用智慧和汗水開拓美好的明天。

牛頌

一

你吃的是草，
卻擠出奶的甘甜。
你負重耕耘，
收穫茂盛的秋天。
只要還能走，
你絕不肯躺下。
只要還有力，
你默默地前去。

二

你心胸博大，

不計較主人失誤的皮鞭。
你頂風獨行，
留下一路深深的腳印。
多少人以你為楷模，
辛勤地為人民貢獻一生。
多少人以你為榜樣，
跋涉在艱苦而漫長的徵程。

三

盛夏，你汗水淌得最多，
寒冬，你渴盼春的來臨。
最懂得世界的冷暖，
最理解生命的蘊涵。
從魯迅雷鋒到孔繁森，
我看見了偉大不朽的精神。
啊！我贊美牛，
像你一樣我終身無恨。

星星

一顆亮，另一顆也亮，
不是為了媲美，而是為了發光。
給生命帶來溫暖，
星星是黑暗中的希望。

當太陽從東方升起，
人們又開始了新一天的繁忙。
星星卻悄然隱沒了，
誰也不知道她的去向。

創造

把頑石搬開，把坑窪填平，
推土機的轟鳴打破了寂靜。
用汗水連接，智慧抗衡，
重新鑄造一個個新的生命。

以英雄交響樂伴奏人生，
以巨人的步伐昂然邁進，
千萬次奇跡一次次出現，
從電子計算機到人造衛星……

生活就意味著發展和創新，
我們告別昨天迎接新的黎明，
創造是萬物之母啊，
歷史賦予她不朽的英名。

彩信

是藍天裡的一聲哨笛，
把我的這顆心帶給你。
有明天的遐想，有昨日的回憶，
小鳥迎春風展翅飛去，
生活是一片迷人的翠綠。

是大自然的一首歡樂曲，
把我的這支歌帶給你。
有青春的追求，有幸福的淚滴，
我們相知在人生的旅途，
理想之花分外絢麗。

思念的心

思念的心是兩只槳，
把愛的船兒緊搖。
靠近了，靠近了，
像晝夜相逢在拂曉。
靠近了，靠近了，
像瀑布和大地擁抱。

忠誠是愛的碼頭，
船兒在這裡起錨。
思念的心是兩只鷹，
永遠迎著大海的波濤。

心思

當我問你，愛不愛我？
你卻保持了深深的沉默。
你竟沒有說，
讓我空等了許多的時刻。

當我問你，想不想我？
你卻保持了持久的沉默。
你竟不願說，
讓我痛苦地這般難過。

愛的土地，
生長自由的花朵。
自從命運讓我們相遇，
愛的火花就開始了閃爍。

珍惜生命

一

他陰沉著臉，
投來仇視的目光。
我卻微笑著，
捧給他一輪太陽。
於是，
熱和冷，
一起溶化，
一起閃光。

二

因為那次分歧，
你恨上了我，
恨把你日夜折磨，
我卻感到孤獨與寂寞。
離開了你，
我們不是一樣難過？
於是，
走過去挽起胳膊，
唱一支珍惜生命的歌。

塑料花

巧奪天工，栩栩如生，
但卻是一個沉默的生命。
千姿百態，玲瓏晶瑩，
但卻是一個仿製的樣品。
只因離開了大自然的懷抱，
不會帶來真正的春天。
只因為沒有沸騰的熱血，
不會獲得美好的愛情。
許多人欣賞你的美麗，
許多人贊美你的無私。
儘管你這般虛假，
總有人為你獻上殷勤。
真的，這是為什麼呢？
連我自己也曾動過這樣的腦筋。

欺騙

一

將光明說成是黑暗，
將美麗說成是醜惡。
將鮮花比作糞土，
將高尚變為下作。
這個世界因為善良，
應該贊美的事情實在太多。
有人就依靠欺騙來裝扮，
有人就依靠欺騙來生活。

二

給心靈蒙上了灰塵，
給世界帶來了哭歌。
欺騙的發生有時難以捉摸。
欺騙的惡果有時難以預測。
應該改造欺騙的土壤，
應該拆除欺騙的隔膜。
有一天世界消除了欺騙，
生活該綻開多少絢麗的花朵。

三

是到了消滅痼疾的時候，
需要有人去挺身戰鬥。
是到了冰消雪化的時候，
人民的期望不會付諸東流。
欺騙者，哪個得到了好結果？
科學和創造才是真正的強者。
看大江東去滔滔不絕，
生活的道路鋪滿鮮花和錦綉。

詛咒四方城

一

什麼麻壇可以盡興，
說什麼意外收穫有金銀。
鬼話連篇，
到頭來上當者真可憐。
麻木了精神，摧垮了身心，
也不知黃昏與早晨。
散了意志，誤了青春，
兩手空空踏上了歸程。

二

妻子對你不理，
孩子對你不尊，
愧當了丈夫與父親。
滿以為生活空虛可以彌補，
滿以為從早到晚忙忙碌碌，
只因為迷途，
便有了終生的孤獨與悔恨。
做點什麼不可以呢？
偏要去賭，
丟掉了當初的選擇與信念。

三

相聚時親朋好友，
賭桌上六親不認，
只看錢紅眼，
心比石頭硬，
落得個認錢不認人。
今天你輸，
明天他贏，
到頭來都是別人的好事情。
難寫四方城，
千萬莫進門。

戒菸

誰說男人不抽菸，
就白白耗費了生命的一天？
誰說抽菸是愉快的享受，
藍色的菸霧把痛苦釀成。
吞雲吐霧的安逸，
撕心裂肺的癌病。
君不見，用菸來刺激，
正是縮短了寶貴的生命。
君不見，更多的人覺醒，
習慣也可以徹底改變。
讓我們呼籲：戒菸！
為民族的強盛，中華的飛騰。

丁家衝抒情

你是我故鄉的一隅，
我早就聽說過你的神奇。
如今我慕名而來，
撲進你桃紅柳綠的懷抱裡。

你的每一片田野，
都在把創業的故事講述。
你的每一座門樓，
都在把悠久的歷史銘記。

這裡的春天繁花似錦，
這裡的夏季浪漫如詩，
這裡的秋天碩果累累，
這裡的冬季充滿無限生機。

一條條大路，一片片苗圃，
一壟壟作物，一叢叢翠竹。
你把綠色農業和循環經濟的概念，
演繹得生動嫵媚而又具體。

甜蜜蜜的大棗，醉人的蘋果梨，
脆生生的蘿卜，飄香的稻米。
多少人為你如醉如痴，
每天都有節日般的驚喜。

你不是桃花源，卻勝似桃花源，
人們勤勞，春風和煦。
你不是城市，卻勝過了城市，
多少人留戀著不肯離去。

你溫柔似春風化雨，
你激情如大江東去。
你的乳汁喂養過新四軍的戰士，
你的名字代表著故鄉的富饒和美麗。

啊！丁家衝，一片迷人的土地，
抒不完豪情，寫不盡英姿。
我多願是你懷中的兒女，
為你的明天再綻放一枝新綠。

註：丁家衝，位於湖北省荊門市京山縣羅店鎮，是抗日戰爭時期鄂中的一處重要革命根據地。

莫負

春天的雨，
春天的潮，
春天的層巒疊嶂，
春天的鳥語花香。
春天的山，
春天的水，
春天的泥土芬芳，
春天的無限遐想。
春天的情思，

春天的愛戀，
春天的耕耘，
春天的歌唱。
原春永駐願君常往，
莫負了大好春光。

多想

多想和你一起飛，
穿過雲層去追逐星星。
多想和你一起走，
去北海看風雲去黃山看勁鬆。
多想把你摟在懷中，
讓我的靈感滔滔湧出。
多想和你一起旅行，
去領略風光旖旎的世界。
多想每日陪伴著你，
看你美麗的雙眸聽你清脆的笑語。
多想成為你身邊的一棵樹，
為你遮風擋雨永不孤獨。

想你

想你美麗的雙眼，
想你敲小軍鼓的神韻。
想你輕盈的舞姿，
想你揮手而去的背影。
想你清脆的話語，
想你陽光下騎行遠方的豪情。
想你燦爛的笑容，
想你溫柔而善良的心靈。
你驕小的身軀似常青藤一樣的玲瓏，
你騎行的身姿是風中舞動的楊柳枝。
你朗朗的笑容是沙漠中的清泉，
你明媚的眼睛是藍天絢麗的雲彩。
你沉思的時候，似一湖平靜的秋水，
你微笑的時候，如三月早春的玫瑰。

徘徊

我昨天看見了你的眼睛，
那是一片春天的湖。
我渴望駕輕舟蕩起雙槳，

卻又怕湖水將浪花翻湧。

因此昨夜盡是失眠，
幻想如五彩的萬花筒，
直到清晨旭日臨窗，
還沉浸在甜美的夢中。

心想大膽地將愛表白，
理智又築起了一道欄杆。
鮮花不開放不能采摘，
愛的果實要等到成熟。

彼此這樣近，卻不能拉住你的手，
心又那樣遠，卻忘不了你的笑容。
等到有一天我實在不能忍受，
會勇敢地去將那道欄杆拆除。

情詩三首

一

你是小溪，
我是清泉，
相逢在春天的原野。

你是高山，
我是峽谷，
雄偉的瀑布將我們連接。

你是青枝，
我是綠葉，
生命的火花在陽光下閃射。

二

那天在河邊我等了許久，
沒看見飄來的那邊紅楓。
也許秋天還沒有成熟，
也許你有些疲憊有些猶豫。
秋天是我們的啊，
有愛為什麼不盡情傾吐？
別看遠方是一片朦朧，
我要用青春的血液，
染得田園一片翠綠。

三

自從你占據了我的心靈，
我便沒有過片刻的安寧，
漸漸也習慣於美妙的思念。

自從有了你的愛情，
我便仿佛又得到新生，
每天對人生都不敢擱淺。

自從命運把我們相連，
風風雨雨就這樣走下去吧，
世界畢竟有明媚的前程。

感言

一

你給我一束光，
我給你一片雲。
兩顆心的碰撞，
燃起愛的火焰。

二

我不怕死，
但怕愛的曲折。
我不會哭，
但怕人生的坎坷。

三

你說喜歡我的詩，

又總是沉默無言。
是你明亮的眸子，
告訴我許多秘密。

四

我先走了，
你不要彷徨。
遲到的春天，
也有鮮花的芳香。

五

下雨的時候，
我等著你，不會走。
借用你的小花傘，
把我送到家門口。

六

為你唱歌，唱啞了喉嚨，
為你獻花，久等在路口。
如果你還不滿足，
讓秋雨把我淋個濕透。

堆雪人

飛舞的雪花，
仿佛是你輕盈的舞姿，
晶瑩潔白，
又像是你純潔的心聲。
讓我們走向雪地，
堆起一個小雪人，
寫上我們的名字和誓言，
見證我們的青春和愛情。
不怕寒風凛冽，
不畏徵程坎坷，
用一腔熱血去溶化冰雪世界。
愛情使我們年輕，
愛情使我們勇敢，
哪怕前面是高山大河。

三峽魂

當我站在三峽的遊輪上，
不知用什麼形容心的激動。
當我仰望三峽的壯美，

不知怎樣比喻她的姣容。

前面是高山如屏，
兩岸是斷崖盡聳。
看江水滾滾波瀾壯闊，
如一條叱咤風雲的巨龍。

有什麼能阻擋一個民族的步伐，
三峽是歷史最好的記錄。
膽怯者來到了這裡，
頃刻間也變得力大無窮。

三峽魂在哪裡？
看一層層巨浪排空。
三峽魂在哪裡？
聽一聲聲汽笛在高奏。

高山上和懸崖旁，
種滿金色的玉谷。
山坡下和深澗裡，
栽滿綠油油的果樹。

大壩把電送往千家萬戶，
大江截流是千年的壯舉。
改革的春風給三峽插上飛翔的翅膀，

這一顆祖國璀璨的明珠。

是三峽的人們創造了美麗，
是大自然巧奪天工。
無論我身在何處，
都願是三峽優秀的兒女。

啊，三峽魂，
夜夜在我心中跳動。
勤勞勇敢的三峽精神，
矗立起一個偉大的民族。

我和祖國

我，從來不敢真正的歌唱。
自從你給了我力量，
粗獷的歌聲在雲空飄蕩。

我，從來不敢走到大海上。
自從你給了我一支槳，
我就敢於劈開千重巨浪。

我，常為渺小而感到悲傷。
自從把你裝進心裡，
我就挺起了做人的脊梁。

等待春天

曾有過漫長的尋找，
那條路曲折艱辛。
畢竟往事如菸，
讓我們在冬季裡，
等待春天的來臨。

儘管歲月匆匆，
緣分總伴隨著我們；
雖然旅途遙遙，
人生的財富取之不盡。
春風吹來我們會熱淚滂滂。

人生不是功名利祿的追逐，
只有愛情，
才是春天最美好的饋贈。
等待需要堅韌持久，
那是一種高尚的精神。

故鄉的小河

讓我輕輕地祝福你，
你這面明亮的小鏡子。
讓我默默地贊美你，
你這生命的發源地。

故鄉的色彩斑斕，
是你的乳汁孕育。
故鄉的青山綠水，
是你的歡歌笑語。

染得田野一片翠綠，
是故鄉人們辛勤的汗滴。
孩子們愛在你的懷中嬉戲，
戀人們把你比作扯不斷的情絲。

春天，你是一位歡快的少女。
冬天，你是一首無言的小詩。
願你的流水永遠清澈，
願你的形象永遠美麗。

啊！故鄉的小河，
常常流進我甜蜜的夢裡。

陶醉

那裡有一片森林，
我曾在林中酣睡，
夢見過遠去的流水。

那裡有一簇鮮花，
我曾在花叢中陶醉，
忘卻了人生的苦悲。

那裡有一位姑娘，
我愛她至死不悔，
流盡了多少思念的淚。

斷想

一

過去的一切已化作雲菸，
散去時聚成信念。
回憶如流水逝去，
歲月奪不走青春的戀人。

世界本來就很狹小，
再次相逢是神祕的命運。

二

誰能淘干海水，
誰能橫斷江河，
我們就是一曲奔騰的歌。
誰能理解人生，
誰能懂得生活，
我們就是一簇燃燒的火。
春天裡播種，
秋色中收穫，
生命不是虛無縹緲的結果。

三

心願是棵相思樹，
需要用心血澆灌，
長得鬱鬱蔥蔥，
呈現一座繽紛的彩虹。
長途跋涉是有些寂寞，
看浩浩春風正鼓蕩而出。

源泉

我的母親是故鄉，
那裡有我心愛的姑娘。
我的夢想是飛鳥，
翱翔在高高的山嶺上。
我的思念是海洋，
意志比礁石還要堅強。
我的歌聲是春雨，
滋潤愛的蓓蕾綻放。
我的生命是小船，
揚帆搏擊在大海上。
我的青春是火焰啊，
驅散黑暗迎來黎明曙光。

感謝有你

我四處漂泊，只有你為我禱告。
我失魂落魄，只有你無法忘掉。
盼望著春天，栽種下花草，
等待著收穫，付出人生的辛勞。

我四處漂泊，
總夢見你的微笑。
我即使窮困潦倒，
只有你與我肝膽相照。

感謝有你，
是我的驕傲和自豪。
感謝有你，
不怕人世間的風狂雨暴。

杜鵑

三月春遊，
陽光明媚，
無限豪情蕩漾在心頭。
百花盛開，
芳香悠悠，
綠是生命不竭的源流。
杜鵑花美，
採擷一束，
送給遠方的那位朋友。
鮮花畢竟還是要枯萎，
你的笑臉卻在我心上長駐。

贈友人

愛情也會有痛苦，
因此有人比作是墳墓。
墳墓便又會怎樣?
還不是覆蓋著祖國的黃土。
願你們的墓場上，
也能長出鮮花一簇。
朋友啊朋友，
莫忘了昨日的理想和目標，
莫忘了昨日的鮮花和小道。

偶感

一

記憶是個可恨的東西，
打碎了它你就能歡樂無比。
無奈打碎了東西還有影子，
因此常有回憶和憂鬱。

二

既然沒有痛苦就沒有歡樂，

又何必在痛苦的時候保持沉默。
迎著風抬起頭來，
苦澀的花也能結出甜蜜的果。

三

該說的，都已經說了，
該寫的，都已經寫了，
剩下的，就是把生命化作一團火。
後來的人們，會懷念我們什麼?
不是名字，不是著作，
是我們留下的那支歌。

長江

一

古老的歷史走過了多少個年頭，
我們的生命溶化了幾個春秋?
看湧浪飛濺，觀群山巍峨，
氣宇軒昂豪情抖擻。
峰回路轉，浪的深處有更險的潮頭。
花開花落，荊棘叢中擺下了美酒。
我們不必嘆息和憂愁，
留不住青山，遏不住潮流，

無所畏懼去踏上人生的旅途，
生活會給我們豐厚的報酬。

二

千萬條溪流任憑烈日暴曬，
拼死也要奔往你的所在。
在你博大的懷抱裡，
縱然只剩下幾滴細水，
生命也會煥發出光彩。
我為你而歌，為你而來，
沸騰的血液為你奔流，
你使我懂得了什麼是人生和愛。
長江啊，浩渺而深沉的江，
激勵我們躍馬揚鞭向未來。

三

我多想在長江上徜徉，
呼吸帶水的空氣，歌唱如畫的風光。
我多想化作了江水的一滴，
和巨輪一起去揚帆遠航。
捧一把泥沙，探詢長江的性格，
飲一口江水，滋潤我干渴的胸膛。
踏著潮水的鼓點，
遠望水天一方，
人生儘管充滿了迷惘，
心卻永遠向著遼闊的海洋。

愛情之花

愛情之花開了，
開在花瓶中，
雖豔麗嫵媚，卻無法長大。

愛情之花開了，
開在風雨中，
雖掉了枝葉，卻仍能發芽。

愛情之花開了，
開在黑夜裡，
雖芳香一時，卻失去了光華。

花籽

原先我並不知道你，
原先我並不懂得你。
自從命運讓我們相逢，
你的那串笑聲，
便在湖心泛起了漣漪。
你的那句話，

像一顆花籽種進了土裡。
花兒長出了骨朵，
我請你用些甘露澆灑，
讓她四季常綠。
可你卻不願承認花籽是你撒的，
叫人笑不成也哭不出。

茉莉花

我的心是一朵茉莉花，
拿去插在她的花瓶中。
她說我是一個墳墓，
最終要把她毀滅在墓中。
她說我是一絲殘燭，
只想暫時得到滿足。
她說我是溪水，
並不真正戀著山谷。
她說我是小草，
離開陽光就會干枯。
於是她把花兒丟棄了，
我難受得這般痛苦。
畢竟是她親手丟的，
這便使我終生幸福。

香玫瑰

有一束香玫瑰，
我聞不出她的味，
便隨手放在牆角，
這樣做了多少回。

有一束香玫瑰，
我看不出她的美，
便隨手丟在路邊，
讓泥土去埋沒。

有一束香玫瑰，
溶化了春天的水，
當我失去了她，
才懂得她珍貴。

有一束香玫瑰，
在我身邊永伴隨，
雖然她已碾作塵，
日日夜夜放光輝。

槳

你我相遇在海上，
濃雲迷霧夜茫茫。
不需驚慌，不必彷徨，
命運給了我們一雙槳。

向著遙遠的彼岸，
向著黎明的曙光，
黑暗終究要消失，
聽大海在為我們歌唱。

風雨中我們相依，
愛充滿了神奇的力量，
看海濤停止了喧囂，
地平線上升起了一輪朝陽。

題維納斯女神像

她沒有痛苦，凝眸沉思。
她沒有悲傷，神態安詳。
感謝那位無名的作者，

創造了這尊不朽的雕像。

她註視著這個世界，
像傾聽一曲絕妙的交響，
她見證了人們的恐懼和安康，
讓歷史的鐘聲在耳邊回蕩。

她默默地看著我，
給我愛情，溫暖和力量。
她把美的蘊含發揮到極致，
讓所有的卑劣都無處躲藏。

我愛她的純潔和美麗，
我愛她的意志和堅強。
女神啊，從你明亮的眸子裡，
我看到了人類美好的希望。

偶思

一

一杯水能使人窒息，
一朵花能讓人戀死。
世界啊，你有如此的魅力。

二

夜幕在那裡久久徘徊，
不肯將這個舞臺遮蓋。
再演一場：歡樂和痛苦的彩排。

三

一滴水，畢竟太渺小，
或許會干枯在田野。
但投入大海，便掀起綠色的巨濤。

願望

我是哺乳於巢窩之中的雛鳥，
向往著雄鷹在暴風雨中的翱翔。
我是森林中悠然自怡的馬駒，
渴望著在廣闊的草原四蹄飛揚。

我是深山中的一股泉流，
生命目的是溶入洶湧的海洋。
我是五色琴弦上的一個音符，
不願休止，寧願粉碎也要爆響。

我是田野上悄然開放的野花，

默默地在春風裡散發著清香。
我是千裡長途上的一顆石子，
堅強地負載著車輪的重量。

不能因為自己的渺小，
就斷絕了升騰的慾望。
誰理解了生命的含義，
誰的生命就是一輪朝陽。

珞珈山之春

早春降臨，櫻花怒放。
根深葉茂，迎春飄香。
校園四季如春，
學子書聲琅琅。
啊，珞珈山，
文化的搖籃，江城的驕傲，
培育了一代代祖國的棟梁。

自主創新，胸懷理想。
厚德載物，如沐朝陽。
走向五洲四海，
不負人民厚望。

啊，珞珈山，
似長江之磅礴，如東海之浩蕩，
你的明天美麗輝煌。

考場即景

一張張嚴肅認真的面孔，
一個個緊張思索的大腦。
空氣仿佛也凝固了，
窗外鳥兒也停止了鳴叫。

一朵朵智慧的火花，
一個個輕鬆的句號。
似山花在早春悄然綻放，
是雄鷹搏擊風雨的寫照。

用手中的筆，
描畫理想的春潮；
用青春的力，
掀起生命的波濤。

不論是前進還是跌倒，
不會失去人生的目標；
無論是成功還是失敗，

永遠擁有拼搏者的微笑。

生活每天也是考場，
有如畫的風光有泥濘的小道。
無論命運將我們抛向哪裡，
青春的火花將永遠閃耀。

幸福永遠

窗外，只是早春的季節，
我們的心，卻如盛夏一般火熱。
每個人捧出金子一樣的心，
祝賀新郎新娘幸福的結合。
年輕朋友的婚禮，
簡樸又美麗，莊重而熱烈。

瀟瀟灑灑在三月，
熱熱鬧鬧在三月。
三月風，吹過新娘的臉龐，
三月風，濕了新郎的夢國。
攜手並肩，白頭到老，
人生路上踏著同一個節拍。

莫說人生短暫，

讓生命每一天都充滿歡樂和喜悅。
莫說旅途坎坷，
到處都有柳暗花明的湖泊。
祝你們幸福，青春似火，
珍記這難忘的時刻。
讓勤奮和智慧永遠伴隨你們，
在生命的宣紙上，
揮灑拼搏的一腔熱血。

孔繁森之歌

一

你是平凡，像長河的浪花一朵，
你是平凡，像秋色中的楓樹一棵，
你是平凡，像承受重壓的鋪路石，
你是平凡，像冬夜燃燒的篝火。

面對失敗，你從沒有想到退卻，
面對成功，你從不想攫取什麼。
為人民的利益貢獻自己的一切，
熱愛平凡崗位，奮勇把困難跨越。

我們的時代，多麼需要，

孔繁森的精神，孔繁森的風格。
我們的祖國，多麼需要，
孔繁森的干勁，孔繁森的開拓。

你是小草，卻有大樹的巍峨，
你是清泉，卻有大海的寬闊。
用事業和追求填平人生的坎坷，
不做生活中貪圖安逸的過客。

當有人嘆息，躲進窄小的樓閣，
當有人失意，放棄對真理的求索，
你卻用意志和信念的種子，
把對人生價值的追求撒播。

你揮灑勤奮和智慧的汗水，
奏出一曲與命運抗爭的交響曲。
你高擎生命的火炬，
照亮了徵程的每一個角落。

二

孔繁森，你平凡又是時代的楷模，
平凡中偉大的精神在閃爍。
孔繁森，你自豪又是那般單薄，
青春獻給了偉大的祖國。

在高山，在遼闊的田野，
你的事跡被無數人傳說。
在哨所，在每個戰鬥的崗位，
你崇高的精神化作火花四射。

真正的生命並不等於活著，
你理解人生的價值在於奉獻和拼搏。
你扼住命運的咽喉，是個真正的強者，
你熱情似火，卻喜歡保持沉默。

不計名利，不講地位，不求索取，
你對每一項工作都兢兢業業。
別人蔑視的，你卻珍珠般捧起，
國家的主人啊，應有最優秀的品德。

美麗的世界多麼豐姿多彩，
每個人都應該活得有聲有色。
你用無私的奉獻，不懈的追求，
把做人的真理深深鐫刻。

向孔繁森學習，我們豪情勃發，
走孔繁森道路，我們意氣磅礴。
建設祖國，實現現代化呵，
進軍號角震撼高山大河。

你永不歇止的生命之舟，
是人生最崇高信念的寄托。
你不是苦行僧，也有喜怒哀樂，
有山清水秀的詩意，有披荊斬棘的膽魄。

在生活面前，你是一盞燈，
引來了綠洲，照亮了大漠。
在困難面前，你是一堵牆，
堅定地擋住了腐敗的誘惑。

愛自己的崗位，愛每一個集體的組合，
厭惡消極，厭惡悲觀，厭惡懶惰。
愛每一縷陽光，愛每一片綠葉，
大自然捧出金色的碩果。

我願是樹，有你一樣的翠綠，
我願是水，如你一樣的淡泊，
我願是火，與你熊熊燃燒，
我願是梅，綻開在寒冷時節。

年年春來秋去，歲歲花開花落，
我們在春天裡播種，我們在秋色中收穫。
假如人生有一千次選擇，

這莊嚴的崗位絕不退卻。

讓我們這樣寫，讓我們這樣說，
中國巨人的隊伍，多麼浩浩壯闊。
讓我們這樣唱，讓我們這樣歌，
洪流滾滾呵，匯成了奔騰的江河。

黑暗之光

——讀《歷史在這裡沉思》

一

這樣的歷史誰人來寫?
這樣的歷史竟保持了沉默。

中國，你的道路多麼坎坷，
中國，你走一路灑下淋漓的鮮血。

那個時代太黑暗了，
黑暗的時代也有抗爭的歌。

作為歷史，呈現給後來者，
作為現實，我們付出的代價太多。

二

淫威下，多少忠誠之樹夭折，
棍棒下，多少鮮紅之花凋落。

生活，被攪亂了本來的顏色，
青春，被刺破了粉紅色的皮膚。

無數被壓抑的喉嚨啊，
竟不能唱出心底的哭歌。

無數被冤屈的魂靈啊，
如今又棲息在哪片田野？

三

該結束的，已成為過去，
歷史的斷裂帶被永遠凍結。

不該發生的，還是發生了，
歷史的沉思多麼值得。

中華民族痛苦的痙攣，
換得幾代人大徹大悟。
讓昨天走進博物館吧，
人民創造偉大而輝煌的事業。

四

這樣的歷史早就該寫，
這樣的歷史竟保持了沉默。

荒唐的玩笑似乎大多，
蹉跎的歲月不該忘卻。

記住歷史，也記住我們自己，
在生活的舞臺上扮演了什麼角色？

一切都是曲解的夢幻啊，
當黎明到來，春雷震撼了長夜。

盛開的映山紅

一

不是奇跡，卻是心血凝成，
不是鮮花，卻比鮮花還要豔麗；
不是宮殿，卻有奇珍異寶，
不是山水，卻比山水還要多姿。

一本本教案，一摞摞作業，

記錄著追求知識的足跡。
一行行文字，一聲聲贊語，
閃爍著園丁崇高的品質。

我們的母校，真正是人才匯聚，
我們的生活，真正是如畫如詩。
為祖國建設培養人才，
喜看春風中滿園桃李。

二

誰知你付出了多少心血？
看疲倦的神情，堅強的意志。
誰知你寄托了多少厚愛？
看熬紅的雙眼，殷切的批語。

像春蠶吐絲去編織人生，
像蠟燭燃燒去照亮世界。
像雷鋒全心全意為人民服務，
像孔繁森活著做明亮的火炬。

幾十年坎坷不平，風風雨雨，
幾十年生命不息，耕耘不止。
儘管人生有許多次機遇，
甘當一名合格的人民教師。

三

不求索取，不求名利，
只願翠綠鋪滿了大地。
不求享受，不求名譽，
只願生活是一支誘人的小曲。

沒有等待，沒有猶豫，
奉獻是你樸素的品質。
滿懷信心，激情洶湧，
用生命報答祖國的養育。

永遠記住人民的囑托，
永遠歌唱春天般的史詩。
培育一代四有新人，
默默在平凡崗位上燃燒自己。

四

時代的發展多麼迅猛，
素質教育真正是嚴峻的課題。
怎樣才是合格的建設者？
怎樣才能攀登真理的階梯？

多少個夜晚難以成眠，
多少次備課苦心思慮。

多少次家訪帶著無限希冀，
多少次談心飽含深情厚誼。

三尺講臺，你奔走了多少裡程，
小小黑板，你揮灑了多少汗珠？
為驕傲的選擇義無反顧，
看你來去匆匆的步履。

五

映山紅，亭亭玉立，
迎春花，挺拔秀麗。
一本本教案，一摞摞作業，
傾吐著新老教師的一腔心曲。

忠誠於黨的教育事業，
辛勤耕耘在育人的土地。
育人才嘔心瀝血，
校園是一曲激昂的旋律。

五光十色，山河依依，
雲蒸霞蔚，春華秋實。
看映山紅嫣然開放，
裝點祖國更加壯麗。

鐵樹

你的名字很磅礴，
你的傳說有很多。
任憑風霜雪雨，
也不能改變你翠綠的本色。

你的閱歷有千歲，
你的故事也很多。
任憑驚濤駭浪，
也不能動搖你堅定的選擇。

你的追求深入肺腑，
你的麗姿教人思索。
任憑路途遙遠，
也要開出璀璨的花朵。

盆景

你有千年的歷史，
仍然栩栩如生。
你是立體的畫卷，

仿佛無聲的詩篇。

花紅柳綠儀態萬千，
站立是一片森林，
倒下是一片綠蔭，
是誰把你培育，是誰把你裁剪?

永遠是春意盎然，
永遠是美的心靈。
從宏觀到微觀，眼前的世界多麼遙遠，
從稚氣到成熟，沸騰的生活多麼壯觀。

千山作筆，描不盡你的婀娜多姿，
大海作墨，寫不盡你的山花爛漫。
常給我們啓迪，常賦予我們靈感，
人生的路上與你相伴。

大學生之歌

為了追趕時代的列車，
為了譜寫人生的壯歌，
我們去遠徵，
我們去跋涉。

我們是一群原子的聚合，
去把知識的堡壘頑強攻破。
大學生是我們光榮的名稱，
青春的火花在陽光下閃爍。

為了那些蹉跎的歲月，
為了踏平人生的坎坷，
我們去流汗，
我們去拼搏。

我們是中華優秀的兒女，
肩負著黨和人民的重托。
大學生是我們驕傲的名稱，
點燃奮鬥的生命之火。

寫在女兒十歲生日

十歲的年齡，正是早春季節，
十歲的夢想，該是轟轟烈烈。
十歲的生活，蜜一般甜，
十歲的光景，猶如一首奔放的歌。

如果是冬天，敢到雪地裡尋梅，
如果是春天，敢去森林裡采擷。

只是深秋沒有杜鵑開放，
你是一盆海棠永不凋謝。

十歲是一首詩，十歲是一幅畫，
理想的大廈從這裡開始添磚加瓦。
十歲是龍，十歲是鳳，
要經得起旅途的風吹雨打。

願聰明和美麗永遠屬於你，
大鵬展翅飛，學習更奮發。
願智慧和勇敢永遠伴隨你，
生當作人杰，壯志在天涯。

回故鄉

陽雀聲聲吹叫，
野花露出了微笑，
緊抑住激烈的心跳，
故鄉啊，你的兒子回來了。
還記得當年的頑皮，
日子浪漫又逍遙，
還記得深情的囑托，
努力學習爭分秒。
今天又回到故鄉的懷抱，

再聽母親唱古老的歌謠。

故鄉的景象更美了，
小街變成了大道，
當年的朋友還健在，
見面先問個好。
門前的那棵桂花樹，
香飄九月比天高，
後院的那架葡萄叢，
遮天蔽日呈新貌。
改革開放似春風，
故鄉躍馬奔騰膽氣豪。

走遍天下不動心，
只記得故鄉的泉水最甘甜。
喝盡美酒不陶醉，
只記得故鄉的少女最嬌美。
海一樣深山一樣沉，
願永做一個故鄉人。
灑盡熱血開紅花，
故鄉的恩情難表達，
願故鄉日新月異春常在，
前程光明更遠大。

致宜昌

宜昌像個溫柔的女孩，
緊挽著大江有力的臂膀。
常常露出飄逸的笑容，
吸引著無數遊子的目光。

宜昌像棵美麗的桂樹，
撩撥著戀人不平靜的心房。
常常展現多情的舞姿，
散發出沁人心脾的芳香。

宜昌的大道啊，
是一條英雄兒女的畫廊。
宜昌的嬌美啊，
常常走進我甜蜜的夢鄉。

宜昌，你究竟是什麼形象，
是藍天的雲霞一片，
是大海的浪花一朵，
我怎麼也描不出你的俊模樣。

下雨的時候，我不願意躲藏，

寧願在雨中來去彷徨。
盡飲宜昌的美酒，
人生的腳步不再搖晃。

只知道你在我的心中，
已佔有了全部的分量。
即使鐘情你的人們很多，
我的思念永遠閃爍著火一樣的光芒。

致荊州古城

幾千年的風雨，
幾千年的坎坷，
你的每堵牆、每扇門，
都染上銹跡斑駁的顏色。

古城的每條街道，
都把一個悠久的故事傳說。
古城的那條小河，
像美麗的姑娘含情脈脈。

古城的優雅和玲瓏，
蔚藉著艱難創業的跋涉者。
古城的豪放和美麗，

裝點著我們偉大的祖國。

每當我來到古城，
看不盡風光描不夠秀色。
每當我離開古城，
心中的不舍難以表白。

改革開放的春風，
沸騰了古城的生活。
看古城雄心勃勃的人們，
明天又該譜寫怎樣的贊歌！

感覺

人不一定要很熟悉，
有時感覺就是一首詩。
走近了你的面前，
靈感就如泉水湧出。

太美麗的東西，
常常使人感到畏懼。
太平凡的事物，
有時又顯現出奇異。

沒有微笑，生活就有煩惱，
沒有陽光，大地就被黑暗籠罩。
人不是為愛而活著，
愛卻使生命變得美麗，

如果只是蹉跎歲月，
什麼事情都可以忍耐。
畢竟人生很短暫啊，
就需要我們縱情發揮。

告別

像北燕南歸戀戀不舍，
今夜我們就要告別。
告別了情同手足的戰友，
告別了艱苦創業的歲月。
去開拓新的道路，
去描畫新的畫卷。
有初時相逢的喜悅，
有別時深情的沉默。
莫說人生是成功和坎坷，
莫說生活是甜蜜和苦澀。
在太陽溫暖的懷抱裡，
我們都有火熱的心一顆。

神農架放歌

汽車奔行在蜿蜒的崇山峻嶺之中，
激動的心一次又一次跳動。
神農架，祖國的一顆璀璨明珠，
我仰慕你呵，華中第一高峰。

你的粗獷和荒蠻，你的雲霞和長風，
你的幽野綠秀，你的原始質樸。
神農架，誰賦予你的深邃與神奇？
看大自然的鬼斧神工。

你的飛瀑，你的流泉，
清澈如少女明亮的眼眸。
你的珍禽異獸，你的美麗傳說，
彷彿是一本厚重的史書。

千裡綿延的山，兩旁是層巒疊嶂，
百裡湖泊，四處是芳草叢叢。
你如夢如幻的峽口人家，
你巴風楚韻的千般靈秀。

大九湖展示了你的遠景，

神農頂使你魅力無窮。
香溪泉是你悠長的琴聲，
鐵堅杉豎起了一道七彩的長虹。

遍地是無邊的森林，
滿眼是春天的笑容。
你在清風中婆娑起舞，
迎接五洲四海的賓朋。

在每一個清晨與傍晚，
在每一個小鎮和竹樓，
我凝視著你，常常陶醉其中，
激情如大江一般洶湧。

我多想在你的懷中小憩，
看你美輪美奐，風光如夢。
我多想為你大聲歌唱，
把你的美名向世界傳頌。

千山萬壑，魂牽夢縈，
看不完美景，寫不盡英雄。
千回百轉，雲蒸霞蔚，
看浩渺長江滾滾向東。

神農架，我奔向你，

讓我的胸懷盈滿了自豪和滿足。
神農架，我思念著你，
你是我永遠的根基和魂魄。

三春梅

——為紀念熊元啓同志而作

一

在每一個黎明，
在每一個黑夜，
你心中燃著熊熊的信念之火。
在每一個仲夏，
在每一個冬秋，
你胸中沸騰著滾燙的熱血。
在火裡這樣講，在水裡這樣說，
思想政治工作決不能放鬆，
塑造靈魂是最偉大的工作。
在我們進軍的行列中，
誕生了一個英雄的戰士——熊元啓，
四十一個春秋像山一樣巍峨。

二

已經很遙遠了，那些艱難歲月。
已經很淡漠了，那些人生坎坷。

你沒有徘徊，沒有猶豫，
梅花綻開在寒冷時節。
已經很緊迫了，你大聲呼喚。
已經很關鍵了，你勇敢跨越。
你沒有私心，沒有雜念，
閃耀著革命者鮮紅的本色。
為了捍衛黨的思想政治工作陣地，
把一腔豪情向藍天揮灑。

三

我們懷念你，
淚水不絕，
你是夜空中璀璨的明星一顆。
我們贊美你，
放聲高歌，
你理想的火炬決不會熄滅。
繼承你的志，
我們奮力拼搏，
祖國的希望是創新和改革。
踏著你的足跡，
我們高歌猛進，
中華民族的崛起是浩蕩的江河。

註：熊元啓同志生前系江漢石油管理局優秀政工幹部，湖北省模範思想政治工作者。全國許多報刊報導過其做思想政治工作的動人事跡。

初升的太陽

——寫在學校春季田徑運動會上

清晨，紅日從東方冉冉升起，
春風，吹拂著胸前的紅領巾。
我們少先隊員，
為什麼心情如此激動？
為什麼熱血這樣沸騰？
是因為今天，
要召開春季田徑運動會。
我們親愛的母校，
是這般美麗莊嚴，
披上了一層明媚的光焰。

到哪裡去尋找我們的幸福？
到哪裡去開拓我們的行程？
問青鬆——青鬆傲然屹立，
問大地——大地欣欣向榮，
問雄鷹——雄鷹展翅高飛，
問江河——江河拍浪奔騰。
看運動健兒英姿煥發，
小樹苗在陽光下露出笑臉。
聽滿山鬆濤歌聲陣陣，

同學們整齊隊伍就要出徵。
懷著對未來美好的憧憬，
創造優異成績，
發揚拼搏精神，
這就是我們的豪情和誓言。

哪裡的土地高山不老，大樹常青？
哪裡的鮮花四季開放，溫暖如春？
哪裡的太陽永遠不落，光芒萬丈？
哪裡的人民朝氣蓬勃，精神振奮？
這是在我們的國土啊，
經風沐雨，壯志彌堅。
這是在祖國的懷抱啊，
千紅萬絮，盛開爭妍。
這是新中國的太陽，
照耀著社會主義的紅旗鮮豔。
這是億萬英雄的人民，
高擎著實現中國夢的赤子之心。

五千年的文明古國，
踏著向現代化進軍的鼓點，
改革創新，突飛猛進。
炎黃子孫的後代，
牢記歷史賦予的重任，
讓五星紅旗在奧運會上徐徐東升。

我們是二十一世紀的新一代，
是祖國的希望，是未來的先鋒。
哪裡有困難，哪裡就有我們，
哪裡有高山，哪裡就有我們攀登。
牢記黨和人民的教導，
具備了一往無前的精神，
用科學和智慧武裝頭腦，
掌握了為人民服務的本領，
時刻準備著，
為共產主義而鬥爭！

無數革命先烈的前赴後繼，
開拓出社會主義錦綉前程。
我們是千萬個劉翔，
要把千重山萬道水跨越。
我們是千萬個鄧亞萍，
要把拼搏世界的精神繼承。
我們是千萬個郎平，
要為人民做出新貢獻。
我們是千萬個郭晶晶，
要為祖國獻出燦爛青春。
勤勞勇敢，奮發向上，
胸懷理想，意志堅定。
在陽光雨露下茁壯成長，
用雙手描繪現代化的遠景。

清晨，紅日從東方冉冉升起，
春風，吹拂著胸前的紅領巾。
我們少先隊員，
今天格外激動和興奮。
親愛的母校，
今天這樣美麗和莊嚴。
每一棵青鬆鬱鬱蔥蔥，
每一片雲霞絢麗清新，
每一簇花朵嫣然開放，
每一支旋律飽含激情。
從昨天今天走向明天，
我們的力量不可戰勝。
願五星紅旗高高飄揚，
願改革創新使祖國繁榮昌盛，
願我們像美麗晶瑩的花朵，
盛開在校園明媚的早晨。

贊中國女排

看你決賽我屏住了呼吸，
看你決賽我淚流滿面。
看你決賽我感到了驚心動魄，
看你決賽我懂得了人應該怎樣活著！

十二年久違的榮譽，
今天被你重新捧回桂冠。
十二年長久的期盼，
今天花開在中國女排中間。

曾經被折磨，曾經被質疑，
曾經迷茫過，曾經不知所措。
依然選擇了挺直腰杆，
依然抖落塵土，目光中露出堅定。

曾經不被重視，像一根輕盈的羽毛，
曾經有過屈辱，被踐踏得體無完膚。
依然留下了勇猛的身影，
依然面對對手只有果敢和霸氣。

輸了一起扛，贏了一起狂，
祖國賦予你們何等的信心和信任。
感謝美麗的女排姑娘們，
你們創造了奇跡，你們轟動了世界。

女排精神是我們民族的凝聚，
女排精神在你們身上又有了新的詮釋。
不怕困難，勇於拼搏，決不言棄，
你們有新一代的壯志豪情。

做個中國人，是何等的自豪和幸運，
實現中國夢，我們正大踏步向前邁進。
自信開朗，積極向上的精神和風貌，
讓一個偉大的民族鳳凰涅槃，浴火重生。

致京山老同學神韻藝術團

仿佛從來就沒有衰老過，
還是年輕時的那個模樣，那般光景。
仿佛一切都在昨天，
還是稚氣未脫的男生女生。
任峰巒疊嶂，
任山縱水橫，
你依舊保持純潔的本色，
你依舊還有年輕的夢，年輕的心。
大聲地唱啊，
流泉是你的歌聲。
盡情地舞啊，
雲霞是你的身影。
即使老去，也要美麗如花，
即使消失，也要溫暖如春。
長風在胸中鼓蕩，
青春是永遠的知音。

京山老同學神韻藝術團，
邁開步伐，鏗鏘有力，
昂然奮進。

奉獻之歌

——寫在學校德育工作年會上

窗外正是寒冷的時刻，
我們心中卻燃著熊熊之火。
熱烈祝賀學校德育工作年會的召開，
好一派南國碩果飄香的景色。

我們的青春在哪裡閃爍？
我們的戰歌在哪裡譜寫？
獻身人民的教育事業，
把一腔忠誠在大地鐫刻。

三尺講臺，每天都演最精彩的節目，
備課桌前，每次都寫最壯美的歌。
勤奮創新，無私奉獻，
用智慧和汗水把前程開拓。

多少次家訪，你的真摯感動了家長，
多少次談心，你的話語成為學生寫作的心得。

願每一棵小草都經風沐雨，
願每一棵樹苗長大都是蒼鬆翠柏。

面對金錢的誘惑，有人潦倒，
面對困難的威脅，有人退卻。
你們卻堅韌不拔一如既往，
永保人民教師純樸的本色。

你們肩負教師的神聖職責，
傳道、授業、解惑。
你們牢記人民的委託，
教書育人，嘔心瀝血。

做高山上的一棵樹，
做冬天裡的一把火，
人民教師，多麼崇高的稱號，
追求寧靜，甘於淡泊。

我們正面臨偉大的轉折，
素質教育提出了新的一課。
路漫漫其修遠兮，吾將上下而求索，
新的徵程還有高山與大河。

黨中央發出了偉大號召，
依法治國，以德治國。

培養合格的一代新人，
實踐是最嚴峻的考核。

我們的歷史，還是由我們來寫，
我們的隊伍，還是由黨來檢閱。
德育必須擺在學校教育第一位，
塑造靈魂是最重要的工作。

從風華正茂到兩鬢斑白，
從春夏秋冬到花開花謝。
我們壯麗的人生無愧無悔，
把最優異的成績獻給親愛的祖國。

致優秀學生

讓我們把喜悅藏在心底，
讓我來寫一首祝福的詩。
你們不屈不撓的努力，
又跨上了一道真理的階梯。

燈下曾有過深深的苦惱，
想起來又是那樣甜蜜。
前面是金燦燦的大道，
前進中不能有半分遲疑。

困難大，我們勇於進擊，
路曲折，看我們頑強的意志。
要掃除一切愚昧和障礙，
黨給了我們智慧和勇氣。

登天梯就豎在你的面前，
看你有沒有攀登的毅力。
你如果不願意做一只小雀，
就應該像大鵬展開雙翅。

任何捷徑都離不開艱苦的探索，
生活之路就布滿了荊棘。
有志者要永遠站在最前列，
這樣的人才可能成為勇士。

也許，我們的眼睛會有些近視，
也許，還會有許多意外的打擊。
但幼苗總會頂破頑土，
它會成長壯大，充滿勃勃生機。

天才並不是什麼神祕的東西，
機遇只是一種興奮劑。
堅韌奮發，勤奮努力，
才是一切事情成功的奧秘。

走你的路，不要猶豫，
猶豫會把一切喪失。
無聊和貪婪只會使人發狂，
做人要有理想和志氣。

把一切卑怯和懦弱都掃除，
乞求別人，可憐的還是自己。
用行動來打破偏見和謊言，
你才會有自己的呼吸。

記住一切才只是開始，
歷史不會輕易給一個人以榮譽。
前赴後繼是我們光榮的旗幟，
高舉它去奪取最後的勝利。
讓我衷心祝福你們，
懷著一腔真誠的情意。
讓你們更加奮發有為啊，
祖國和人民在註視著你。

寫在老同學聚會上

當夕陽把群山映紅，
大地灑滿了金色的光輝。

當大海在傍晚停止了喧鬧，
星星在海浪中甜蜜地酣睡。
此時的風景最美，
此時的人生最容易陶醉。
不需要眾星捧月，只想著平淡如水。
不需要萬眾矚目，只願意老同學相隨。
做自己喜歡做的事，
笑起來還如當年的燦爛和甜美。

苦也吃過了，吃過的苦令人回味。
難也受過了，經受的坎坷殊途同歸。
夢也做過了，那個夢如影隨形，
不會隨風而去，緊緊纏住了你的心扉。
今天的大悟大徹，今天的山花俏麗，
擋不住少男少女夢的迴歸。
老同學走在一起，沒有名和利的追逐，
說的是健康和長壽，寫的是心曲唱幾回。
只有心心相通，只有情深似水，
你的身影，讓我想起當年的小畫眉。

當一切已成為過去，
讓我們緊挽住坦誠的雙臂。
當青春不再重來，
讓我們說一聲：青春無悔！
此時的風兒最柔和，

此時的友情最珍貴。
不需要心浮氣躁，只想著絕不虛僞。
不需要急功近利，只願意清茶一杯。
讓我衷心地祝福你啊，
你是寒冬裡盛開的蠟梅。

旗袍女人

裊裊依依，亭亭玉立，
款款而來，曼妙無比。
似雲雀在晴空婉轉，
似露珠在晨曦中青翠欲滴。
誰有你詩一樣的雋永？
誰有你畫一般的瑰麗？
溫文爾雅，端莊秀美，
國韻旗袍，饕餮盛宴。
油紙傘襯托出你的蘊含，
羽毛扇呈現出你的婀娜多姿。

白裡透紅，時尚前衛，
優雅浪漫，無限魅力。
似杜鵑在早春吐蕊，
似梅花在寒冬芳香四溢。
誰有你綠樹一樣的身影？

誰有你曉風一樣的和煦?
恬淡悠閒，溫情驚豔，
雍容華貴，非凡氣質。
把一腔柔情向藍天揮灑，
你是細雨中綻放的新枝。

彩虹

——為荊門市七運會開幕式在京山隆重舉辦而作

人山花海，細雨蒙蒙，
花樹宛然，大道雄風。
在這金色十月的日子，
在這碩果飄香的時候，
荊門市第七屆體育運動盛會，
在湖北第一個國家級生態縣隆重舉行。
精彩的大型團體操表演，
拉開了轟轟烈烈帷幕。
滿眼是花的世界，
滿眼是愛的暖流。
四處是豐收景象，
四處是綠樹葱蘢。
生態京山，美麗京山，和諧京山，
彩燈高懸，凱歌高奏。
嗩吶聲聲，鞭炮齊鳴。

舞姿翩翩，無限青春，
風展麗容，雲蒸霞湧，
萬千儀態，氣勢恢宏。
忘不了昨日京山，曾經的國家級貧困縣，
山也朦朧，水也朦朧，
曾經的萬物凋敝，
曾經的陳腐與落後。
是改革開放的春風，
敲響了走向富裕的黃鐘大呂。
看一看今日的京山，
如今的綠屏彩秀，如今的高樓矗聳。
聽百鳥唱歌，描楊柳春風。
綠林寨，惠水湖，
虎爪山，空山洞，
一張張美麗的名片，
聯結了五洲四海的朋友。
更有勤勞創新的京山人，
洋溢著幸福青春的笑容。
如蘭一樣芬芳，如菊一樣淡雅，
如山一樣俊麗，如水一樣含蓄。
今日京山，闖關奪隘，
明日京山，鵬程錦綉。
多想為我的家鄉放聲歌唱，
多想把心底的思念向你傾訴。
我們的生活，波翻浪湧，

我們的隊伍，豪情抖擻。
舉起慶祝的酒杯，
揚起遠航的風帆，
故鄉的明天似雨後彩虹，
我們攜手並肩，實現中國夢。

彷彿

彷彿是一個謎，
彷彿是一個緣，
我們從那裡來?
也許是前世的安排。

彷彿是一個夢，
彷彿是一支歌，
我們走在一起，
挽起了行進的胳膊。

彷彿是一幅畫，
彷彿是一簇花，
我們壯麗的人生，
明媚如藍天的晚霞。

孔雀開屏

這裡是世外桃源，
世外桃源沒有這樣的美景。
這裡是天宮瑤池，
天宮瑤池沒有這樣的歌聲。

上千只孔雀一起開屏，
上萬只鳥兒一起飛騰。
風和日麗，只有雲蒸霞蔚，
舞姿翩翩，只有美麗如春。

似少女一樣裊裊婷婷，
似水波一般激盪人心，
似青山一樣風光如畫，
似翠竹一般盈滿了憧憬。

我們的生活，有如孔雀開屏，
勞動和智慧創造人生。
我們的青春，有如孔雀開屏，
曾經揮灑出壯美的結晶。

五彩斑斕，如花似錦，

慷慨高歌，大道青天。
讓我們留下一張張合影，
讓我們去把歲月的足跡探尋。

美哉，孔雀園。
壯哉，孔雀園。
願你的明天更加美好，
你是藍天裡一朵吉祥的彩雲。

註：孔雀園地處湖北省京山縣錢場鎮境內，是由政府扶持開發的一塊生態農業基地。

荊門菊展抒情

久久縈繞於心底的，
是你的風姿你的倩影。
常常難以忘懷的，
是你的色彩你的甘醇。
如歌如泣，如夢如幻，
千般柔美，萬種風情。
將菊的美麗匯聚一堂，
民族文化在這裡完美展現。

到處是菊的傲骨菊的世界，
到處是菊的璀璨菊的驚豔。
不同的圖案，不同的造型，
不同的追逐，不同的場景。
每個城市都展示出最美的菊品，
印證自己改革創新的雄心。
每個人都展現出最美的笑容，
歡迎來自五洲四海的貴賓。

荊門菊展，猶如光明在前，
留下了菊的芳香菊的精神。
荊門菊展，真正是萬眾湧動，
顯示出新型城市的魅力無限。
濃墨重彩，大道蜿蜒，
秋風重渡，春色一片。
我們的豪情與誓言，
化作了呼嘯而去的歷史回聲。

放歌武當

我該怎樣把你描繪？
我該怎樣把你贊美？
千畝秀林，萬頃碧波，
陽光普照，熠熠生輝。

更有那神奇的千古傳說，
使你峰回路轉，千嬌百媚。
你的如畫風光，你的柳絮紛飛，
你的柔情多姿，你的萬縷彩繪。
無數人為你飽經風霜，
無數人為你百煉千錘。
啊！神聖的武當，
心底思念你多少次，
夢中又見你多少回。

我該怎樣寫你的浩蕩長風？
我該怎樣歌你的月光如水？
百花爭妍，新枝吐蕊，
晨鐘暮鼓，聲聲相催。
更有那改天換地的人們，
使你日新月異，林海蒼翠。
你的高大與俊秀，你的豪邁與雄偉，
你的冷峻與浪漫，你的山巒和絕美。
文人墨客為你點贊，
曉風晨曦令人回味。
啊！壯美的武當，
你是中華文化寶庫中的一縷清香，
你是風雪中綻放的一樹紅梅。

古隆中

千里來到古隆中，
又見曲徑探幽。
只有百鳥鳴唱，
只有楓葉紅透。
皓月當空，依稀見到你的身影，
倒海翻江，思緒與靈感似春潮湧動。
那座小橋，你曾飄然而過，
那棟茅廬，曾經臥虎藏龍。
點點瑞雪，迎來賓朋滿座，
片片竹林，歌聲仍回蕩在其中。
你是智慧的化身，
你是大寫的英雄。
常常感覺到山縱水橫，
戰鼓聲描繪著你的大智大勇。
人生難得一知己，
力挽狂瀾駕長風。
長袖當舞晴空，
年年歲歲不同。
千里來到古隆中，
又見滿目葱蘢。
說不盡歷史，道不盡蒼穹，

當我離開你的時候，
晚霞映紅了蒼翠的勁鬆。

你是

你是我畫板的底色，
你是我靈感的源泉，
你是我每日的向往，
你是我終生的掛念。

你是我無盡的思緒，
你是我今生的緣分，
你是我開屏的羽翅，
你是我樹下的綠蔭。

你是我長久的苦戀，
你是我天空的彤雲，
你是我無言的追逐，
你是我心中的風鈴。

你是我仰慕的高山，
你是我誓言的見證，
你是我夢中的期盼，
你是我永遠的心聲。

致金宏藝術團

比海洋寬廣的，是你人生的舞臺，
比天際遼闊的，是你明媚的歌唱。
比高山俊秀的，是你美麗的舞姿，
比蘭花飄香的，是你永恆的向往。

我該怎樣贊美你的柔情似水？
我該怎樣描寫你的熱情坦蕩？
我該怎樣記錄你的千回百轉？
我該怎樣頌揚你的無私與高尚？

一群志同道合的人們，組成了義演的畫廊，
一群要好的姐妹，重新把青春的戰鼓敲響。
仿佛一團火焰，閃耀在水的中央，
宛如一幅織錦，展示在城市廣場上。

把母親的情懷獻給大地，
把生命的渴望注入時代的交響。
把夢中的追求變成了不倦的理想，
把一腔激情化作了奔湧的大江。

曾經的淚水和奔波，

已成為浮雲扶搖直上。
曾經的委曲和磨難，
培育了必勝的信念和堅強。

在我心中，你是飄逸的翠柳，
在我心中，你是春天的波浪。
在我心中，你是大愛的形象，
在我心中，你是青翠欲滴的海棠。

常常排練到夕陽西下，
常常汗水打濕了臉龐。
今日相聚，互訴衷腸，
明天小別，又牽掛著隊友安康。

過去的，已成為美好回憶，
現在的，我們將加倍珍藏。
衷心祝福金宏藝術團，
明天的太陽更加輝煌。

註：金宏藝術團是湖北京山縣一群退休的中老年人組成的民間藝術團，常常在鄉村舉辦各種義演活動。

新年好

一年一年過去，留在心底的，
還是你酒一樣的醇味芳香。
一天一天過去，難以忘懷的，
還是你燦爛微笑的臉龐。

曾經的心儀和激情，
曾經的彷徨和惆悵。
曾經的苦樂與堅持，
曾經的故事和芬芳。

問你一聲新年好，
可還是當年的性格和模樣？
問你一聲新年好，
可還是當年的率真和爽朗？

多少次夢中驚醒，
多少次雨中回望。
化作了依戀，化作了泉湧，
化作了雲霞，化作了情長。

永遠是青翠的綠色，

永遠是年輕的追求和向往。
任風吹雨打，任花開花謝，
聽千山和鳴，看長風浩蕩。

那菸波飄渺，那重巒疊嶂，
記錄了我們的奮鬥和頑強。
那波光瀲灩，那千折百回，
見證了我們的豪情與理想。

一年一年過去，最想見到的，
是你的身影，你的善良。
一天一天過去，最想聽到的，
是你的歌聲，你的笑語敞亮。

新年好，祝願你健康，
姹紫嫣紅，萬千氣象。
新年好，祝福你快樂，
旅途中前面是無限風光。

祝福

一程風，一程雨，春風雨露，
一份愛，一份情，情滿旅途。
詩情畫意，春夏秋冬，

光陰如梭，來去匆匆。

花開花謝，我們又迎來新的一年，

潮起潮落，祝你的生活美滿幸福。

爆竹聲中辭舊歲，

紅梅綻放展宏圖。

做報春的燕子，做早春的楊柳，

翩翩起舞，萬紫千紅。

一片雲，一片霞，雲蒸霞蔚，

一葉書，一葉戀，千古傳頌。

碧波浩渺，千回百轉，

群山巍峨，氣勢雄渾。

金笛獨奏，我們在秋色中收穫，

嗩吶齊鳴，送給你美好的祝福。

讓我們一起驚豔時光，享溫暖歲月，

讓我們一起感受生活，任山重水阻。

做湖畔的小草，做岩上的勁鬆，

經風沐雨，義無反顧。

冬青樹

一排排，一叢叢，

像戰士整裝列隊的陣容。

一片片，一壟壟，

以站立的姿態挺立在寒冬。

無論溝壑無論地角，
你生機勃勃鬱鬱蔥蔥。
無論盛夏無論霜雪，
你總是綻放著鮮豔的深綠。

我仰慕你的高尚，
日日進取，不改初衷。
我贊美你的堅強，
夜夜挺拔，春風長駐。

最喜愛雪花把你點綴，
最喜愛冰棱掛在你其中。
你是一個冬天的童話，
如雨後出現的七色彩虹。

你報導著春天的來臨，
冰消雪融，江河洶湧。
你傳頌著飛來的喜訊，
春暖花開，萬物復甦。

在田野上你從不孤獨，
團結是你的源泉和砥柱。
誰賦予你生命興旺的色彩?
看一輪朝陽噴薄而出。

深圳人

你來自北國，我來自江南，
你來自都市，我來自鄉村。
天南地北匯聚一起，
迎接新的風雪和挑戰。

不同的星座，不同的性格，
卻有一個共同的選擇和心願。
不滿足現有，不安於現狀，
只為了人生有新的舞臺和拓展。

有人羨慕你的富有，
不知你背後的勤奮與血汗。
有人追逐你的快樂，
不知你曾經的任重道遠。

隨高樓拔地而起的，
是你的目標你的偉岸。
隨城市一天天改變的，
是你的人生你的容顏。

你不斷開拓的勇氣和信念，

你永不歇止的智慧和精神，
才有了新型城市的日新月異，
才有了新生活的質量與水準。

從一個小村莊到一個特大城市，
從一片沙灘到一座壯美花園，
你經歷了雪雨風霜，坎坷艱難，
你走過泥濘荊棘，曲折蜿蜒。

叫你一聲深圳人，
有你才有深圳的崛起和壯觀。
叫你一聲深圳人，
有你才有深圳的雄偉和巨變。

你最懂得人生的價值，
你最理解拼搏的內涵。
當世界仰望著深圳的神奇，
請記住深圳人的豪邁和誓言。

偶像

年輕時你是我的偶像，
我經歷了太多的沉默與慌張。
年老時你還是我的偶像，

可惜歲月無痕人海茫茫。

我為你做了太多的夢，
常見你花一般的模樣。
我為你寫了太多的詩，
把你的倩影留在心上。

你沒有讓我失望，
總把歌聲在我耳邊唱響。
我為你沒有彷徨，
堅信你是我的生命陽光。

那天偶遇使我猝不及防，
你的衰老讓人無法想像。
光陰似箭，歲月如梭，
只是你的嗓音依然敞亮。

我不後悔你曾是我的偶像，
生活已經給我合理的補償。
我不後悔愛你曾是我唯一選擇，
只要你的明天幸福安康。

牽住你的手，走在冬季的大街上，
看白雪皚皚，看日月風光。
雖然衰老，也有年輕的志向，
晚霞映紅了我們的臉龐。

七月槐花

小時候有太深刻的印象，
七月槐花，十里飄香。
一條小路蔽天遮日，
白如瑞雪，勝似海棠。

如今到處是楊柳成行，
抹不去心底對槐花的向往。
如今四處是寬廣大道，
懷念的還是那一抹夕陽。

不見了小路，不見了槐花，
槐花的故事卻永留心上。
不見了童年，不見了青春，
青春的思念地久天長。

為槐花而歌，為槐花而唱，
人生的追求永遠向上。
昨日槐花哪裡去了？
看小河奔流春風浩蕩。

平民英雄

你本來是普通的人，
那一瞬間卻顯得力大無窮。
你本來是渺小的人，
那一瞬間卻如綻放的花簇。

向你致敬，平民英雄，
你的事跡讓無數人感動。
向你學習，平民英雄，
你的壯舉讓我淚如泉湧。

我們的社會，多麼需要，
良心和誠信，責任和義務。
我們的人民，多麼需要，
秩序和穩定，健康和幸福。

面對歹徒，你挺身而出，
面對榮譽，你淡定從容。
你體現了時代的錚錚風骨，
你是社會的中流砥柱。

平凡中孕育偉大，

偉大是平凡的凝聚。
你是千百個人的組合，
你是寒冬中挺立的紅楓。

在興旺發達的事業裡，
在穿梭如織的人流中，
你生活在城鄉的每一個角落，
如三月迅疾奔騰的長風。

民間藝人

每天都在歡笑和演出中奔波，
每天都在鑼鼓和喧囂中度過。
把傳統文化的種子四處播灑，
足跡遍布故鄉的每個角落。

不計較那些疲憊和辛苦，
不記得跋涉了多少大山和小河。
幾根琴弦，一套鑼鼓，
還有你嘹亮的歌聲和音樂。

自編自作，自娛自樂，
傳播正能量，發揮生命餘熱。
自尊自強，自演自唱，

追求新境界，每天都有新收穫。

民間藝人，是一張珍貴名片，
凝聚了故鄉的山水和景色。
民間藝人，是一幅美麗圖畫，
展示了故鄉的豪放和風格。

你繼承的是非物質文化遺產，
你保留的是一個藝人的正直和品德。
老百姓喜歡你的樸素和率真，
儘管你不是大舞臺上的陽春白雪。

我少年時看過你太多的直播，
到如今年老還印象深刻。
祝福你如春雨滋潤心田，
澆灌出芳香四溢的花朵。

父親

你爽朗的笑聲，你微駝的背影，
你干枯的雙手，你滿臉的皺紋，
像刀一樣刻在我心上，
像水一樣盈滿我心間。

雖然你已故去多年，
但抹不掉我對你深深的懷念。
雖然年年春風又吹，
但我對你一樣的熱愛和崇敬。

常常夢見你外出歸來，
帶回我喜愛的小吃和紀念品。
常常看見你清晨小跑，
徜徉在故鄉的那條小河邊。

你的教導，我終生銘記，
你的示範，我引為經典。
深山裡我們曾一起砍柴，
月光下我們曾面對面談心。

貧窮的日子，你笑語朗朗，
恬淡的生活，你分外珍惜。
把一群兒女養育成人，
你會想到有美好的今天？

儘管黑暗籠罩，風雪泥濘，
你總是保持著熱情的信念。
儘管窮困潦倒，荊棘叢生，
你不曾嘆息過不幸的命運。

我倔強而又勤勞的父親，
多想陪你再哼一支小曲。
我的沉默而又坦蕩的父親，
多想和你再看一次峨眉日出。

你勤儉的習慣，你豁達的胸襟，
你的踏實和率真，你的堅韌和品性，
永遠是我做人的榜樣，
永遠是我的靈魂與精神。

懷念愛迪生

假如沒有你的試驗，
人類至今還在黑暗中穿行。
也許沒有那麼恐怖，
畢竟你是第一個發現。

你不屈的勇氣和探索，
你不朽的思考和精神。
我們該如何贊美你?
怎樣的稱贊都不過分。

如果把科學都用於和平，
這個世界該是多麼幸運。

如果把智慧都用於創新，
地球上將永遠是藍天白雲。

歷史不會就此終止，
科學和創新比翼飛騰。
盼望出現千百個愛迪生，
世界將會有美妙的前程。

樂山

樂山是我的故鄉，
我每天都凝神把你向往。
雖然千山萬水，
仍忘不了你那美麗的風光。

樂山是我的故鄉，
父親生前常對我講。
那裡有我的祖屋，
還有熱情好客的鄰里街坊。

樂山是我的故鄉，
小時候的情景永遠難忘。
那裡有神祕的大佛，
還有能歌善舞的姑娘。

樂山是我的故鄉，
三江水在大佛的腳下激盪。
無數遊人仰慕而去，
把多種誘人的小吃品嘗。

樂山是我的故鄉，
撫育了我的情感和剛強。
終究我會回到故里，
把家鄉的巨變仔細端詳。

九寨溝

春遊九寨溝，
疑在畫中走。
萬紫千紅，流水淙淙，
還有纖塵不染的雲空。

夏遊九寨溝，
疑在睡夢中。
九曲畫廊，壯麗山河，
迎面吹來清新的風。

秋遊九寨溝，

仿佛來到九龍宮。
奇珍異寶，楓葉紅透，
鋪金疊翠織錦綉。

冬遊九寨溝，
遊人興更濃。
白雪當紙，樹枝作筆，
寫不盡豪邁和激動。

臺灣遊

夢裡常見阿里山，
醒來思念是日月潭。
今天終於遂心願，
來到祖國的寶島臺灣。

一灣淺淺的綠水，
連接了海峽兩岸。
骨肉同胞，血濃於水，
誰能把彼此的親情隔斷？

華南最高峰是玉山，
深情含眸把大陸遙看。
海水最美是基隆港，

停泊著無數的大小船。

兩岸的風風雨雨，
如今早該菸消雲散。
無情的阻隔，
擋不住春風過萬山。

流淌在血脈中的，
是炎黃子孫不變的信念。
鐫刻於心底的，
是一個民族千年的吶喊。

啊，臺灣，臺灣，
可曾聽見母親的深切呼喚?
啊，臺灣，臺灣，
快揚起迴歸的片片風帆。

科學發展觀頌

又一陣春風溫暖大地，
又一顆星星閃耀在夜空中。
科學發展觀理論高瞻遠矚，
指明了祖國美好的前途。

曾經的顧此失彼，
曾經的迷茫和躊躇。
春風吹來化開了冰凍，
航船萬里有人指路。

在失誤中糾正，
在磨煉中成熟。
以人為本，全面發展，
億萬人民實現中國夢。

看各行各業龍騰虎躍，
看遼闊大地山靈水秀。
改革和創新插上了翅膀，
中國巨人捷報傳送。

如高山挽起臂膀，
如長江波濤洶湧。
殫精竭慮，科學發展，
我們用雙手描繪走向幸福的藍圖。

謁洪秀全故居

來到了你的故居，
止不住心跳加劇。

幾千年的風雨，
洗不去你的顏色和茅廬。

那盞油燈，
伴隨了你的深夜苦讀。
那棵紫荊樹，
曾把你的雄心和志向記錄。

十九世紀，你應該是一個高大的人物，
到後來，終成一個悲劇英雄。
芳香幾縷？歲月幾許？
你的事跡曾被千萬人傳誦。

你沒有深思過失敗的原因，
你沒有總結過自己的失誤。
最終的旌旗飄落，
留給世人無盡的感嘆和痛苦。

你是堅強的，有無可比擬的壯舉，
你是高大的，後人把你的事業繼續。
在那個悲壯的年代，
你無疑是一棵參天的大樹。

你是春天裡的野花，
你是黑暗中稍縱即逝的火炬。

你的名字，你的事跡，
將永遠被歷史記住。

雪鬆

任天寒地凍，任雪花飛舞，
你總是鬱鬱蔥蔥。
任寒流侵襲，任春風楊柳，
你總是綠色永駐。

你的優雅，你的氣質，
仿佛奧妙無窮。
你的清純，你的蘊含，
如北方吹來的春風。

不做小草，不做蓬蒿，
要學你在崖畔高聳。
不做浮萍，不做枯藤，
要學你日日進取。

深深扎根於大地，
生命才如此旺盛如此繁榮。
不畏懼千難萬險，
才能有勃勃生機偉岸身軀。

常在旅途中把你思念，
常在風雪中把你記取。
你的美麗和高尚，
如黑暗裡閃耀的明珠。

大草原

是什麼讓我如此激動？
是什麼讓我流連忘返？
蒙古包和酥油茶，
讓我來到祖國的大草原。

一群群牛羊，
一陣陣歌聲，
草原上熱情好客的人們，
個個都如仙女般純真。

趕上了草原的節日，
洋溢著春天般的溫暖，
騎馬叼羊的小伙子，
展示出草原的胸懷和堅韌。

我愛你大草原，

如夢如訴如歌如幻。
我愛你大草原，
忘不了你的遼闊你的馬頭琴。

啊，我的大草原，
你每天都有神奇都有新詩篇。
感謝你賦予我靈感，
你是我永生永世的源泉。

廬山飛瀑

走了好長好長的路，
跨過了好陡好陡的坎。
終於來到了你的腳下，
看你的美麗和壯觀。

你的名字叫三疊泉，
四季流淌，碎珠飛旋。
你從遙遠的九天落下，
有許多的傳說和浪漫。

我常常被你的雄偉震撼，
你莫非是一個飛舞的精靈？
我常常想把你的氣魄描繪，

所有的語言都顯得暗淡。

幾千年的蓄勢待發，
幾千年的琴音婉轉，
用生命擁抱大地，
何懼徵程萬水千山。

你是一個謎，
哪裡是你力量的源泉？
你是一首歌，
唱的驚天動地九曲旋環。

無數人為你不惜艱險，
無數文人墨客把你稱贊。
我思索的是你奔向了哪裡？
看蒼鬆翠柏，春滿人間。

迎客鬆

迎客鬆，迎賓朋，
無論膚色，無論種族，
都能成為好朋友。

迎客鬆，笑從容，

無論風雨，無論寒冬，
昂首雲天傲蒼穹。

迎客鬆，魅無窮，
無論天涯，無論地角，
新枝綻放展風流。

迎客鬆，百花頌，
無論高大，無論渺小，
壯我中華耀千秋。

上海灘

古今巨變上海灘，
鋪金疊彩上海灘，
滄海桑田上海灘，
千呼萬喚上海灘。

你鶯歌婉轉的十里徜徉，
你槳聲燈影的浦江兩岸。
你曾是鐵蹄下的孤島，
你見證了一個民族浴火重生。

你的故事千年流傳，

你的足跡挾電攜雷。
你的史書用血淚編寫，
你的兒女赤膽忠誠。

你是大工業的基地，
你是新中國的搖籃，
你是黑暗中的篝火，
你是黎明前的雷鳴電閃。

無產階級從這裡登上舞臺，
萬里航船從這裡離開港灣，
斧頭鐮刀從這裡莊嚴舉起，
紅色風暴從這裡西風漫卷。

你的每條小巷，每條大道，
都流淌著鮮血和吶喊。
你的每座高樓，每個碑刻，
都記載著偉績和功勛。

無數人的前赴後繼，
才有了山河壯麗綠樹成蔭。
無數人的艱苦奮鬥，
才有了一個城市舊貌換新顏。

世間什麼都在改變，

不變的是你的豪情和誓言。
生活什麼都會遺忘，
難忘的是你的歷史你的畫卷。

吳淞口外波濤驚天，
海關鐘聲日夜長鳴。
看東方明珠頂天立地，
看黃埔江水喧囂奔騰。

啊，上海灘，
我永遠的回憶永遠的掛念。
啊，上海灘，
我燃燒的信念我生命的源泉。

歲寒三友

歲寒三友梅竹鬆，
品質高尚人稱頌。
不畏風霜雪雨，
不懼冰封地凍，
傲然挺立在曠野中。

梅的芳香和驚豔，
竹的妙影和清風，

鬆的意志和崢嶸，
彷佛是一幅絕美的圖畫，
英雄氣概貫長虹。

各自的風格不一樣，
品質卻是共同。
不低下錚錚傲骨，
不稀罕肥田沃土，
浩浩長風把你的精神傳送。

歲寒三友梅竹鬆，
品質高尚人稱頌。
永遠是翠綠的本色，
永遠是站立的身軀，
常為我敲響做人的警鐘。

早春三花

迎春探春和山茶，
人稱世間三朵花。
綻放在早春時節，
笑看人間繁華。

最喜迎春的嬌媚，

晨迎碧天彩霞。
婀娜多姿展情懷，
太陽底下比瀟灑。

最戀探春的羞澀，
默默在風雨中長大。
朵朵紅花報春來，
情真意切傳佳話。

最愛山茶的優雅，
矜持如一幅圖畫。
年年春季盛開，
何懼風吹雨打。

迎春探春和山茶，
三個姐妹是一家。
綻放在我心中，
伴隨我遠行天涯。

吹葫蘆絲的女人

每天都會集中，
每天都會掛念，
風裡雨裡不改行程，

那一群吹葫蘆絲的女人。

音調有高有低，
情緒有陰有晴，
彷彿回到少女時代，
那一群吹葫蘆絲的女人。

常常笑靨如花，
常常登臺表演，
儘管生活有苦也有甜，
那一群吹葫蘆絲的女人。

走路如一陣春風，
做事則雷厲風行，
不願意虛度光陰，
那一群吹葫蘆絲的女人。

蒙古包小唱

遠方的客人請你停一停，
草原上炊菸裊裊琴聲悠揚。
你是歸來報春的大雁，
把美妙的歌聲傳向四方。

遠方的客人請你嘗一嘗，
油酥餅的甜蜜和馬奶酒的芳香。
蒙古包裡春意盎然，
糌粑好吃酥油茶難忘。

遠方的客人請你想一想，
是什麼讓生活有了新景象？
是春風吹綠了草原，
是我們的心靈重見了陽光。

遠方的客人請你看一看，
蒙古人的堅強和草原的寬廣。
我們可以把歌聲唱到天亮，
熱愛我的草原我的故鄉。

黃山飛來石

你彷彿隨時都要倒塌的樣子，
讓遊人驚嘆不止。
你腳下那片柔軟的土地，
怎支撐得住你高大的身軀？

事實上你已屹立千年，
陽光照射著你的威武不屈。

大自然賦予你神奇，
風雨雷電把你洗禮。

只能說是難以置信的故事，
我常常感嘆你的不可思議。
你用平衡證明了自己，
你用力量戰勝了恐懼。

我崇敬你，
我仰慕你。
你的形象常讓我沉思，
生命本來就是奇跡。

茅臺

我該寫茅臺鎮還是茅臺酒？
茅臺酒是茅臺鎮獨有。
我該頌茅臺酒還是茅臺鎮？
茅臺鎮使茅臺酒香飄千秋。

中華古老的國度，
酒文化是一枝獨秀。
中華勤勞的人們，
創造發明不計其數。

用最清澈的泉水，
用最靈巧的雙手，
讓智慧和勞動結合，
釀造舉世聞名的美酒。

你是我夢中的期待，
你是我長久的等候，
有如朋友常散常聚，
有如靈魂駐我心頭。

來到茅臺鎮，盡飲茅臺酒，
酒香綿長，酒味醇厚。
帶著茅臺酒，回望茅臺路，
滿眼是春光如畫鋪錦綉。

遊孝感西遊記公園

西遊的神話千年流傳，
而今來到西遊記公園，
到處是虎嘯龍吟，
四處是山花爛漫，
栩栩如生的造型，
把無數遊人心靈震撼。

孫悟空的火眼金睛，
唐僧的理想和宏願，
任憑九九八十一難，
壯志能把高山大河掀翻。
多少次雪雨風霜和披荆斬棘，
留給世人太多感嘆。

學唐僧堅忍不拔，
學悟空忠心赤膽，
路遙遙何懼妖魔擋道，
風蕭蕭不怕山高路遠。
讓春風勁吹陽光普照，
生命化作了美麗的杜鵑。

茶花園

是什麼思念能穿越四季？
是什麼感嘆能經久不息？
是什麼歌聲能如此誘人？
是什麼美景能讓人如醉如痴？

人山花海，芳香撲鼻，
三月盛開，株株挺立。

紅白藍黃，色彩各異，
千姿百態，婉若仙女。

飛金流銀的茶花園，
鋪錦疊彩的山中雨。
多想在園中小憩，
聽人把茶樹古老的故事講述。

山山相連，泉水清清，
到處都留下了創業者的足跡。
鶯飛草長，曲徑通幽，
彰顯著靈感與智慧的設計。

學茶花的堅韌和純潔，
思茶花的韻味和魅力。
看滿山遊人絡繹不絕，
仿佛來到天宮中的瑶池。

群裡的那些女人

群裡的那些女人，
當年都是同學和知青。
幾十年後才發現，
彼此有共同的語言和心靈。

群裡的那些女人，
大都是忙碌的一天。
任春風楊柳或寒冬飛雪，
最關心群裡發出的音訊。

群裡的那些女人，
老公都說她們不安分。
常討論下月去哪裡旅遊？
還探討著飲食和健身。

群裡的那些女人，
應該說已不年輕。
做事認真、說話清脆的樣子，
讓人想起三月裡的紅杜鵑。

群裡的那些女人，
偶爾也移情別戀。
私聊些各自的酸甜苦辣，
說些男人們聽不懂的事情。

群裡的那些女人，
把葫蘆絲吹得如百靈鳥動聽。
組織了自己的藝術團，
網購的服裝十分鮮豔。

群裡的那些女人，
是一張張掩飾不住的笑臉。
仿佛那些當年的磨難，
早已化為雲淡風輕。

群裡的那些女人，
每個人都是故事中的一篇。
趕上了幸福年代，
祝福她們度過精彩人生。

騎行的女人

城裡有群愛騎行的女人，
多數人的年齡已是白髮兩鬢，
常常會有新約定，
向著一個新目標騎行。

看楊柳絮飛，看百花爭豔，
看山縱水橫，看朝霞滿天，
雖然旅途有些疲憊，
徐徐春風送她們歸程。

既是奶奶，又做母親，

責任和義務系於一身，
微信是彼此聯繫的紐帶，
讓每一個細胞都充滿興奮。

最懂得生命的蘊含，
最珍惜餘下的光陰，
最理解人生的追求，
最熱愛生活的甘甜。

去過群山聳立大森林，
晨練幾十里只是太小的考驗。
去過春暖花開大小景區，
將富饒山川銘刻於心。

誰說青春歲月已去？
看這群女人的壯志豪情。
誰說夕陽西下夜幕降臨？
晚霞璀璨才是最美的時辰。

頭戴彩盔，備足干糧，
常在旭日東升時出徵。
有如號角在耳邊響起，
有如海浪日夜喧騰。

城裡有群愛騎行的女人，

成為都市一道美麗風景。
每個人都為他們自豪，
騎行者協會是她們的名片。

心儀

你站立的時候，
如楊柳裊裊婷婷。
你微笑的時候，
如彩霞映紅了天邊。

你沉思的時候，
如一灣平靜的水面。
你歌唱的時候，
如一道絕美的風景。

願你永遠美麗，
占據著我的心靈。
願你永遠快樂，
有幸福無比的人生。

三月桃花

在早春的季節去看桃花，
在迷蒙的三月去看桃花，
有如心目中的戀人，
千般柔情割舍不下。

桃花豔麗，桃花無瑕，
紛紛揚揚，飄飄灑灑。
桃花溫馨，桃花淡雅，
白似瑞雪，美如晚霞。

人生就從三月出發，從早春到苦夏，
生活就從這裡開始，從種子到萌芽。
誰說桃花生命短暫?
看果實飄香枝頭高掛。

桃花是春的饋贈，
續了姻緣，傳了佳話。
美麗是春的兒女，
飛金流銀，綠了萬家。

愛桃花千姿百態，

愛桃花堅韌不拔。
做桃園辛勤的園丁，
築一座呵護的大廈。

謁張文秋墓

仿佛風塵僕僕歸來，
還是那雙明亮的眼睛。
歷史早已把你寫進書中，
講述著你的坎坷與艱辛。

仿佛從來不曾倒下，
還是那樣忙碌那樣勤奮。
高尚品格，鑄就了你無私人生，
風雨如磐，見證了你耿耿丹心。

你出生在富有家庭，
對舊世界卻充滿叛逆和仇恨。
追求的是婦女解放，
盼望的是天下太平。

從不遲疑自己的選擇，
永遠保持最純潔的靈魂。
萬里徵程，戰勝淒風苦雨，

槍林彈雨，迎接生死考驗。

如今，你長眠在京山公園，
眼前繁花似錦，耳邊鼓號聲聲。
有多少心曲要向後人敞開?
有多少話語要向我們叮嚀?

站在你的墓前，止不住心潮湧動，
世界變得肅穆而寧靜。
你終生奮鬥的事業，
將由新一代發揚和繼承。

你是故鄉人的驕傲，
你的高風亮節永存。
你夢中的那個理想，
正化作山花爛漫紅滿天。

異國姻緣

真是不敢想像，
法國男兒成了新郎。
臉上帶著質樸的微笑，
為中國父母把鮮花獻上。

真是無法想像，
地球變成了一個村莊。
膚色不同，語言不同，
卻有一個共同的向往。

在玫瑰盛開的三月，
歡歌笑語組成了交響。
說的是愛，敘的是情，
多麼珍惜和平好時光。

中法友誼源遠流長，
青年人總是志在四方。
推杯換盞，推心置腹，
把友誼的歌兒大聲唱響。

異國姻緣，看似尋常，
得益於祖國的改革開放。
按故鄉風俗點燃鞭炮，
祝福我們的祖國前程輝煌。

註：有朋友小女遠嫁法國，法國女婿攜父母來中國探親，故有感而發。

風中彩旗

騎行到井岡山，
騎行到青海湖。
一群兩鬢斑白的男女，
踏上了千里迢迢的徵途。

不是心血來潮，
沒有豪言壯語。
把對生命的熱愛和追求，
都注入人生的肺腑。

任春風撲面，任春雨沐浴，
年輕的夢想心頭永駐。
看山清水秀，看錦綉圖畫，
前進的腳步不會退縮。

每日百里騎行，
彩旗在風中飛舞。
沿途萬千景象，
心靈的世界不再荒蕪。

每一片森林都為你驕傲，

每一朵霞雲都為你祝福。
你用汗水和堅韌的付出，
收穫了人生寶貴的財富。

就這樣瀟灑而去，
遠方是明晃晃的大路。
我羨慕你，我贊美你，
高山是你偉岸的身軀。

井岡山

當年那支隊伍，
拖著疲憊不堪的身軀，
走進大山深處，
從此舉起了斧頭與鐮刀的火炬。

今天這支隊伍，
是騎自行車駕千里長風，
像河流一樣曲折婉轉，
終於一睹你的芳容。

這座英雄的山，
戰勝了無數凄風苦雨。
有許多神奇傳說，

鐫刻於每一個石柱。

如今已是今非昔比，
鮮花盛開芳草簇簇。
五大哨口依然嚴陣以待，
軍號聲震撼每一條峽谷。

向井岡山致敬，
莊嚴的歷史已被寫進了史書。
你是創業者最好的見證，
血泊中站起來一個偉大民族。

在紅色的搖籃中徜徉，
聽歌聲雄渾，看翠竹起舞。
學井岡山精神，做井岡山兒女，
騎行者何懼坎坷與崎嶇。

風景

日出是一道風景，
彩虹是一道風景，
雨中是一道風景，
走秀是一道風景。

款款而來，裊裊婷婷，
百步留香，萬般風韻。
誰賦予你明亮色彩，
在祖國萬紫千紅的春天。

迎著朝霞，迎著晨露，
步步生輝，儀態萬千。
笑容那般甜美，
仿佛是鮮花盛開的早晨。

似流泉一樣清澈，
似露珠一樣晶瑩，
似野花一樣秀麗，
似春藤一樣常青。

我為你點贊，
祝福你幸福美好的人生。
我為你歌唱，
你是我心中最美的夢境。

韶山衝

把你的名字說一千遍，
把你的故事講一萬遍。

風雨洗不去你的容顏，
你的乳汁喂養了一位偉人。

從韶山衝到北京城，
那樣遙遠充滿泥濘。
只有那雙眼睛飽含睿智，
露出不屈不撓的神情。

你的滿山翠竹，
你的無邊鬆林，
化作了清風和祥雲，
送一位偉人踏上徵程。

他是普照天下的太陽，
他是水深火熱中人民的救星。
他同時也是一位平凡的人，
留下的傳說被萬人傾聽。

而今，一切已歸於平靜，
而今，仿佛一切從未發生。
他締造的人民共和國，
經歷了暴風驟雨的考驗。

廣場上的那尊銅像，
是人們對他的深切懷念。

東海揚起的驚濤巨浪，
呼喚著祖國新的黎明。

黃洋界

穿上紅軍的軍裝，
黃洋界上照張相。
讓歷史在心中定格，
讓英雄故事千古流芳。

當年黃洋界上，
忽聞幾聲炮響，
以少勝多的戰例，
全憑正確主張。

四處是綠色屏障，
全民是鐵壁銅牆。
千里江山千里營，
永葆幸福時光。

黃洋界，黃洋界，
聲聲戰鼓在耳邊回響。
沿著先輩足跡，
奔向勝利遠方。

同學

多少年的記憶，
多少年的友誼。
如今走到一起，
還是那樣的調皮。

經歷了下鄉的煎熬，
經歷了下海的磨礪。
走到鮮花盛開的春天，
儘管有許多的不如意。

如今已是兩鬢如霜，
仍忘不掉攜手走過的足跡。
如今已是夕陽高照，
讓我們把好日子倍加珍惜。

沒有了當年的浮躁，
沒有了青春期的甜蜜。
沒有了坎坷與泥濘，
沒有了饑餓與猶豫。

我們的壯志和理想，

仍如山花般絢麗。
我們的青春和人生，
彷彿從今天重新開始。

一杯清茶，歡聲笑語，
又見當年的少男少女。
幾聲問候，情深依依，
明天的太陽又重新升起。

校園憂思

每人一部手機，不停地玩著游戲，
許多人的眼睛變成了近視。
學校就有商店，常常吃著零食，
年紀輕輕就變成了胖子。

運動成為一種奢侈，
走路都會氣喘吁吁。
影視劇教會了早戀，
上課也會眉來眼去柔情蜜意。

每天懵懵懂懂，對什麼都不感興趣，
最討厭的是又要考試。
不喜歡京劇，也不知昆曲，

經常忘記的是古典詩詞。

成績好點，認為是自己有天賦。
成績差點，乾脆就直接放棄。
沒有少男少女的無憂無慮，
只是學會了許多的任性和自私。

只有一部分人對學習感興趣，
那是迫於家庭和社會的重重壓力。
只有一部分人還在做著習題，
那是因為老師的表揚所致。

我是一個教師，但常常無語，
我一個人無法改變現實。
如果可以，我願用全部的生命，
換取學生成為春風中的滿園桃李。

難道我們教育的齒輪，
真的是出現了問題？
難道我們未來的托付，
竟是這樣不堪一擊？

已經很讓人憂慮，
已經很值得反思。
現代化目標依靠誰去實現？

中國夢絕不是畫餅充饑。

我們成天喊著要重視教育，
難道教育就是考試和錄取？
應試的軌道已經走不通了，
全面發展才是民族興旺的生機。

我們應該充滿信心，
創新已成為時代的主題。
教育要改革，要發展，
祖國的明天才更加壯麗。

南昌

小時候就有深刻印象，
你的名字叫南昌。
讀史書你如雷貫耳，
八一是你打響的第一槍。

歷史巨輪從此改變了方向，
武裝鬥爭爭取工農解放。
鐵打的真理眾望所歸，
星火燎原不可阻擋。

多少人前赴後繼，
多少人慷慨激昂。
萬里長徵從這裡啓程，
人民有了自己的武裝。

你是一座歷史名城，
文化凝聚了你的分量。
你是人民軍隊搖籃，
偉大事業從此有了保障。

如今紅旗飄飄百花朝陽，
如今眾志成城山高水長。
你依然挺拔依然俊美，
你是我心中永遠的向往。

毛澤東銅像

當列寧高大的身軀，
在街頭被無情推倒。
倒下的不僅是正義，
還有整個國家的形象。

只有在中國，
人們大聲呼喚毛澤東思想。

只有在中國，
我們重塑了毛澤東的銅像。

別人的指手畫腳，
不能改變我們的信仰。
中國向何處去？
人民心中自有主張。

是春風中的雨露，
是黑夜裡的曙光。
是震撼群山的電閃雷鳴，
是波翻浪湧的大海導航。

毛澤東是中國的太陽，
毛澤東是中國的方向。
雖然他已離去多年，
繼往開來乘風破浪。

人民怎樣才能走上康莊大道？
國家怎樣才能實現繁榮富強？
幾代人艱難創業臥薪嘗膽，
強國之路就是改革開放。

面對毛澤東銅像，
歷史的鐘聲在耳邊回響。

任憑山呼海嘯濃雲霧嶂，
我們是不可戰勝的力量。

興國興國

當年你的兒女拋頭顱灑熱血，
當年你被殘酷報復連石頭也要過火。
為鞏固蘇維埃政權，
你忠心赤膽獻出所有一切。

興國是模範縣，
這是毛澤東的崇高評說。
妻送郎，父送子，妹送哥，
參加紅軍志如鋼鐵。

你的傳說撼天動地，
你的故事延綿不絕。
多少次在夢中把你描繪，
多少次在心底為你高歌。

無論我走到哪裡，
都不會忘記你悲壯的一頁。
無論我在哪裡漂泊，
都不會忘記老區興國。

興國，興國，
你的歷史有多少人還能記得?
任歲月輪迴，花開花落，
你的名字永遠大氣磅礡。

恩施大峽谷

風也來，雨也去，
巴風楚韻更增添你神祕去處。
春也來，秋也去，
土家風情更讓人留戀和駐足。

愛也來，恨也去，
八百里清江使你風光翠綠。
甜也來，苦也去，
浩浩長風讓你換了容顏和肌膚。

滿眼是春的世界，
滿眼是挺拔的蒼鬆。
石板坡蜿蜒逶迤，
深深峽谷把大江鎖住。

那深不可測的騰龍洞，

常常在夕陽下謝下帷幕。
仿佛是無數個世紀的寫照，
與你渾然一體，腹有詩書。

做一個鄂西兒女，
心中是滿足和幸福。
饑餓與苦難已成昨日記憶，
改革開放使故鄉邁開了大步。

讓我對你說，你森林無邊，
讓我對你唱，你遍地財富。
多想和你談今論古，
你的前方是金燦燦的大路。

清江畫廊

心中常常把你向往，
千百遍描繪你的模樣。
夢中常常把你思念，
如同戀人掛肚牽腸。

風光旖旎八百里清江，
在長江懷抱裡碧波蕩漾。
綺麗多姿的清江畫廊，

滿目蒼翠，百里飄香。

如少女一樣翩翩起舞，
如月亮一樣熠熠閃光。
如彩虹一樣高懸天上，
如春風一樣浩浩蕩蕩。

你的森林，讓人清新舒暢，
你的落日，讓人無限彷徨。
你的花容，叫人流連忘返，
你的清澈，仿佛是美女的目光。

你常常讓我心旌搖蕩，
你常常讓我迷失了方向。
美麗的清江畫廊啊，
你勾去了我的魂魄和男人的強壯。

讓我和你相依相伴，
迎接每天的第一縷曙光。
讓我大聲為你歌唱，
你這人間舉世無雙的俊美女郎。

麻城杜鵑

漫山遍野，交相輝映，

雲山霧海，景色清新。
到麻城去看杜鵑，
細雨中和杜鵑合影留念。

最愛你挺拔的身軀，
最愛你粉紅的笑臉。
任春夏秋冬四季變換，
你扎根沃土昂首藍天。

當年英雄黃麻暴動，
鮮血染紅每一片山巒。
才有你英姿煥發千媚百態，
才有你生生不息葱蘢驚豔。

忠誠是你品質，
紅色是你骨感。
你讓人無限遐想，
你曾目睹了紅軍英勇善戰。

杜鵑和紅梅，
定有千年難解的淵源。
一樣美麗冰清玉潔，
一樣臨風忠心赤膽。

麻城杜鵑，長在高高大別山，

簇簇相擁，山水相連。
永遠是時代最好記錄，
永遠是我夢中的呼喚。

色彩繪

這是你美麗的名字，
一群熱血兒女在你旗下匯聚。
幾座青山相連，
變成花團錦簇的苗圃。

原先這裡雜草叢生，荊棘橫路，
只有枯藤和一片荒蕪。
是誰在這裡立下了誓言，
展開了一幅精美的圖畫。

如今喧嘩代替寧靜，
如今荒山變成財富。
色彩繪像一位亭亭少女，
在風雨聲中走向成熟。

山下是藍澄澄水庫，
水面上小船和百鳥競舞。
山上是生態旅遊示範基地，

栽滿綠油油的各種果樹。

曾經蕭瑟和孤寂，
如同新娘換上了新衣服。
是勞動和汗水創造了幸福，
是智慧和靈感贏得了美譽。

滿山遍野百花爭俏，
遠方的客人請你長住。
美景令人心曠神怡，
好一個人間仙境去處。

美麗鄉村扎根大地，
綠色概念深入肺腑。
色彩繪，你的明天更加秀麗，
讓我深深為你祝福。

註：色彩繪是位於湖北京山縣曹武鎮境內的一塊生態旅遊觀光基地。

鄧世昌

多少年過去，
人們還在把你紀念。

你充滿決絕的眼神，
喚起無數人為民族抗爭。

多少年過去，
人們依然把你傳誦。
致遠號上聲聲警鐘，
報導著祖國的黎明。

多少年過去，
忘不了你站立的身影。
你的故事家喻戶曉，
常常將我從夢中驚醒。

多少年過去，
不敢忘記我是炎黃子孫。
百年積弱，百年崛起，
中華民族永生！

海外歸來

你海外歸來，
滿臉是疲憊的風霜。
皺紋增長了幾許？
依舊是過去的模樣。

你從海外歸來，
回到從前的故鄉。
睡夢中滿是鄉愁，
任憑熱淚盡情流淌。

你從海外歸來，
父老鄉親熱切盼望，
那些冷漠與不屑，
化作溫暖的陽光。

你從海外歸來，
與我共訴衷腸。
月還是家鄉明，
飯還是故土香。

你從海外歸來，
是否還在彷徨？
故鄉的繁榮富強，
永遠是你心中的期望。

中華民俗村

五十六個民族在這裡匯聚，
五十六朵鮮花在這裡開放，
五十六種服飾在這裡展示，
五十六曲歌聲在這裡唱響。

每天都有精彩演出，
每天都有羨慕眼光，
每天都有傳奇故事，
每天都有難忘印象。

民族文化，真正是博大精深，
民族歷史，真正是源遠流長。
嘗不盡的各民族美食，
描不完的各民族畫廊。

鄉情鄉味唱不絕，
京腔京戲又登場。
把中華文化發揚光大，
滿世界都是翠綠風光。

我是龍的傳人，

民族血脈在我身上流淌。
我是炎黃子孫，
中國夢讓我堅定了信仰。

民俗村是民族的縮影，
中華歷史篇篇都是好文章。
民俗村是民族的記載，
涓涓細流匯成了海洋。

文化是民族之根，
民族精神凝聚了民族力量。
中華是我們共同名字，
永遠如高山一般堅強。

中華文化的影響，
引導我們健康向上。
中華民族的旗幟，
永遠在世界高高飄揚。

深圳歡樂谷

這裡是孩子們的天堂，
每個人臉上喜氣洋洋。
高興已不足以形容，

看孩子們開懷喜悅的目光。

常在心中把你描畫，
常在夢中把你向往。
熱愛自然，追蹤綠水，
多麼願意去旋轉和飛翔。

過山車驚險刺激，
衝天塔高度緊張。
風情街琳琅滿目，
滑翔輪扶搖直上。

學雄鷹展翅，聞小草花香，
幼小心靈充滿好奇與渴望。
興趣是生命的迸發，
讓率真天性自由瘋長。

知識在學習中累積，
靈感在實踐中醞釀。
疑問在反思中聚合，
能力在風雨中增強。

小時候我常仰望天空。
星星究竟是什麼模樣？
可惜大人們都太忙碌，

讓迷惘在心中代替了想像。

興趣是孩子最好的財富，
笑聲是孩子最美的綻放。
我們不能做事愚昧，
壓抑了他們的天真和夢想。

歡樂谷，你讓人豪情滿腔，
歡樂谷，你讓人意志堅強。
你真正是一所好學校，
願所有的孩子都幸福成長。

樂山大佛

你沉寂千年，
是否有許多話要訴說？
百姓幸福安康，
是否是你庇護的結果？

蓮花在你頭頂開放，
江水在你腳下匯合。
智慧在你胸中醞釀，
美景在你懷中增色。

微笑面對世間坎坷，
從容化解雷電風雪。
相信光明屬於世界，
沉思中洞穿所有一切。

你永遠都在睡夢中醒著，
你的生命如天邊曉月。
多少人頂禮膜拜，
其實你也有一腔沸騰的血液。

願你為我們祈福，
告別那些難忘的歲月。
在你面前我是多麼渺小，
你是一首永遠無聲之歌。

頭像

手機裡原來有你的頭像，
今天怎麼換新了一張？
這一張真的分外漂亮，
看出了你的眉宇飛揚。

我和你沒有太多的交往，
彼此卻留下了深刻印象。

我和你隔著南北方向，
彼此卻感到了情投意合。

有時靜下來也暗自猜想，
卻怕污染了友誼的芳香。
有時想給你說點悄悄話，
又怕你築了太厚的堤防。

整天欣賞著你的頭像，
知道自己在猶豫惆悵。
多想和你赤誠相見，
讓心底的火花永遠綻放。

感動中國

年年都要認真評選，
這樣的故事實在太多。
其實這些人物，
都是普通的勞動者。

那些流著汗水的笑臉，
那些創新發展的突破，
那些救災搶險的人們，
那些春筍般成長的花朵。

他們共同的特點，
是對生命和社會負責。
他們共同的表現，
是獻出了火熱的心一顆。

只有在神州大地，
只有在我的祖國，
才有情像花一樣豔麗，
才有愛像火一樣赤熱。

在物欲橫流的時候，
在急功近利的角落，
感動中國故事，
是我們對世界的大聲表白。

美麗的花結美麗的果，
美麗人物變成了美麗傳說。
其實你我都可以去做，
關鍵是否能堅持年年月月？

感動中國，淚雨滂沱，
讓我懂得人應該怎樣活著。
感動中國，心靈純潔，
正能量在遼闊大地光焰四射。

仙人洞

想走近你面前，
需要跨過許多坎坷。
想探詢你性格，
需要歷經風雨的折磨。

偉人留下的詩篇，
讓你的名字傳向了世界。
其實你的靈魂，
早已飛向了天國。

站在你身旁，
看亂雲飛渡，觀秀美景色。
回顧你歷史，
思偉人壯志，寄遙遠星河。

仙人去了哪裡?
生命終究如花開花謝。
遺跡卻還存在，
留給後人去盡情描寫。

廬山仙人洞，

我不必為你慷慨高歌。
你的美麗屬於人民，
望大江東去高山巍峨。

紅岩群雕像

曾經有過許多次激動，
曾經有過許多次懺悔。
今天面對你莊嚴的面孔，
我熱淚盈眶還是第一回。

從白公館到渣滓洞，
魔鬼的皮鞭蘸水亂揮。
要改變你的信仰與意志，
要把你堅強的堡壘摧毀。

任地動山搖，風雨如晦，
任酷刑用盡，血肉橫飛。
不改革命者堅定本色，
迎來山城解放，百花吐蕊。

不動搖自己的選擇，
緊緊把人民的腳步追隨。
不後悔英勇獻身，

讓山河秀美春風勁吹。

有多少人還能記住昨天，
記住悲壯的歷史和曾經的血淚。
有多少人還能把你們銘記心中，
為崇高的理想鞠躬盡瘁。

你們的膽識和智慧，
傳給了我們這一輩。
中華民族的崛起和繁榮，
將是對你們最好的告慰。

屈原

帝王將相早已化作了塵泥，
你的名字卻被人們永記。
千年歲月無數風風雨雨，
你的精神卻成為一個傳奇。

你用血與淚的文字，
記錄了民族艱辛與歷史。
你用最寶貴生命，
把一腔豪情向藍天昭示。

年年端午，今又端午，
你的靈魂永遠屹立。
年年紀念，今又紀念，
猶如浩浩長江奔騰不息。

無論我們走向哪裡，
不會忘記這一片黃土地。
無論生命怎樣輪迴，
不能抹去那段悲壯故事。

彷彿你正在兩岸疾走，
彷彿你正在行吟作詩。
你的正氣與求索，
化作了旭日東升彩霞萬里。

峰巒疊嶂，山河壯麗，
千秋萬代，堅貞不移。
你的名字是我們民族象徵，
多少奇跡將橫空出世。

東湖漫想

走在東湖大堤上，
風吹桃花柳絲長。

無邊美景，
仿佛來到人間天堂。

當年偉人在湖畔沉思，
關於未來社會偉大構想。
如今紅旗獵獵山呼海嘯，
嶄新道路不斷延長。

東湖和西湖，本是天造一雙，
東湖豔陽高照，西湖漫天霞光。
東湖和西湖，本是地設一對，
東湖草深林密，西湖歌聲嘹亮。

東湖如一位痴情少女，
娓娓說著心中的向往。
西湖如一張漫天大網，
罩住了我的思念和惆悵。

磨山是東湖的閨蜜，
綠道是東湖的珍藏。
無論季節怎樣變換，
東湖依然百花飄香。

江城有了東湖輝映，
每天對鏡打扮梳妝。

東湖孕育了花開草長，
才有城市的美麗和興旺。

在東湖留影，水波蕩漾，
在東湖漫步，思緒飛揚。
有一天如果回到了故鄉，
夢中忘不了東湖的形象。

山海關

雄視天下，巍然屹立，
經歷了千百年風雨洗禮。
古銅顏色，肅穆峻麗，
見證了一個民族衰落和崛起。

關內春風和煦，關外白雪飄飛，
講不完你的傳奇和故事。
關內平原千里，關外高山聳立，
描不盡你的風情和英姿。

你曾目睹中國軍人英勇抗日，
多少英雄兒女血染戰旗。
你曾記載滾滾黃河東流去，
多少史詩般的歌聲和回憶。

又聽見了當年戰馬嘶鳴，
又看見了當年鐵流長驅。
你的智慧，你的氣質，
永遠如山花一樣絢麗。

站在山海關上，
萬般思緒氤氳而出。
滄海桑田星移鬥轉，
更顯一腔豪情壯志。

你是一個民族的象徵，
你是一部血寫的歷史。
中國夢讓你重現光彩，
中華騰飛燃起衝天火炬。

木棉花

走在南方大街上，
抬頭看見木棉花綻放。
風中有一朵掉下來，
彎腰拾起露出驚喜目光。

看你鮮紅奪目，

多像我昨夜夢中新娘。
看你羞赧無語，
我願靜靜把你守望。

你的美麗和嫵媚，
告訴我男人應有的堅強。
你的花瓣和曼妙，
禁不住叫人蕩氣回腸。

其實你不止這樣，
有英雄的氣概有百花的芳香。
其實你最懂得冷暖，
從不在風雨中感到迷茫。

桃紅柳綠沒有你的風采，
綠蔭如屏不及你的坦蕩。
生得俊俏，長得挺拔，
向往著藍天向往著海洋。

多想向你敬一個舉手禮，
多想靜靜把你認真欣賞。
木棉花，你是一個傳奇，
整個城市都因你而變得高尚。

峨眉日出

到峨眉看日出，
那景色是多麼輝煌。
到金頂看風光，
千山萬壑都被照亮。

看天地遼闊，看海洋寬廣，
看山川雄偉，看百花怒放。
看柳暗花明，看春風浩蕩，
看河流奔湧，看萬千景象。

靈魂得到了洗禮，
呼吸得到了擴張。
血液加快了循環，
生命注入了渴望。

登頂的路雖然崎嶇，
猶如一個世紀漫長。
心中的信仰不變，
磨難也變成了美好時光。

到峨眉看日出，

需要你有攀登志向。
那韻味，那情景，
永遠成為夢中的向往。

馬嶺新村

一棟棟別墅排列有序，
一畝畝油菜花開驚豔。
一片片水塘銀光閃亮，
一群群黑山羊時隱時現。

馬嶺小村，本來默默無名，
現在卻成了縣裡的新聞。
馬嶺村人，本來習慣了農耕，
現在卻成了城市羨慕的人。

依靠自己的智慧和力量，
發展生態農業成了典型。
心中只有一個目標，
建設富有特色新農村。

創辦了綠色發展公司，
每個人都有權力和股份。
走循環經濟發展道路，

創新凝固著每一根神經。

建起了生態食堂，
成立了大型文化中心。
遠來客人絡繹不絕，
睜大了好奇羨慕眼神。

把學校蓋成最美殿堂，
讓老人退休有無憂的笑聲。
公路硬化貫穿東西南北，
四處是彩旗高懸鑼鼓齊鳴。

馬嶺新村形成了馬嶺模式，
正在探索中不斷向前。
馬嶺人氣魄威武豪壯，
一支筆描不盡宏圖和遠景。

馬嶺的精神是不斷開拓，
馬嶺的魅力是勇於創新。
讓我把你銘記在心，
你這春風旭日中升起的彩雲。

註：馬嶺新村是位於湖北省京山縣羅店鎮境內的一塊農業發展示範基地。

走進西藏

我常在夢中把你回想，
我常在高山把你遙望。
你這地球上最高屋脊，
你這離天堂最近的地方。

當我來到你的身旁，
雪域高原到處是明媚春光。
當我走到了你的面前，
禁不住一顆心激烈跳蕩。

巍峨雪山，潔白哈達，
那些載歌載舞的藏族姑娘。
香甜的酥油茶青稞酒，
伴我度過夢一樣時光。

漫步八廓街，仰望大昭寺，
經幡在風中徐徐飛揚。
蜿蜒的羊湖，碧藍的色澤，
霎時間天地寬闊空曠。

扎什倫布寺腳下那條石路，

幾千年被朝拜者磨的光亮。
瑪旁雍錯那許多神奇傳說，
讓我們沉浸在無邊遐想。

走進布達拉宮，
佛教文化像河流一樣流淌。
走進扎布耶茶卡，
靈魂仿佛被洗禮和淨化。

雪蓮花代表了純潔美麗，
紅河谷訴說著幸福吉祥。
無數的感動與震撼，
最喜歡像白雲自由徜徉。

走進西藏，豪情奔放，
日夜穿行在你的每一條小巷。
我深信自己還會回去，
把你的美麗向世界大聲頌揚。

五一抒情

一

在山花爛漫的五月，
在天高雲淡的五月，
我們歡聚一堂，我們縱情高歌，
慶祝五一勞動節，
把鮮花和贊美獻給每一位勞動者。
創新驅動發展，
勞動創造世界。
每一畝莊稼，每一片森林，
每一座高樓，每一塊田野，
我們為勞動者放聲謳歌。
是你的勤勞裝扮了生活，
是你的雙手創造了財富，
是你的智慧立下了功勛，
是你的意志堅如鋼鐵。
我們向勞動者表示崇高敬意，
你是一輪當空的明月。

二

為勞動者而歌，為勞動者而唱，

勞動者是我們時代的榜樣。
向勞動者學習，向勞動者致敬，
勞動者創造了萬物的輝煌。
平凡孕育偉大，
偉大出於平凡，
我們做一磚一瓦又何妨？
細土堆成高山，
滴水匯成大海，
勞動者的力量不可阻擋。
我們是藍天白雲，
我們是黃河長江，
熱烈慶祝五一勞動節，
我們的明天充滿希望。
勞動者是國家的主人，
永遠是新中國不落的太陽。

愛你一生

你是黑夜中的一個精靈，
你是夢幻裡的一個縮影，
你是無法描繪的一個傳說，
你是晴空中飄移的一朵彩雲。

愛你一生，苦戀不止，

嘔心瀝血，如影隨形。
愛你一生，矢志不移，
花開花落，精神長存。

你是風中的一棵綠樹，
你是山中的一股流泉，
你是原野的一株小草，
你是來自遙遠的一陣歌聲。

愛你一生，相信命運，
為你而去，為你犧牲。
愛你一生，不會歇止，
奉獻所有，擲地有聲。

國家圖書館出版品預行編目（CIP）資料

愛你一生 / 周京川著. -- 第一版.
-- 臺北市：崧博出版：崧燁文化發行, 2019.07
面；　公分
POD版

ISBN 978-957-735-903-2(平裝)

851.487　　　　　　108010165

書　名：愛你一生
作　者：周京川 著
發行人：黃振庭
出版者：崧博出版事業有限公司
發行者：崧燁文化事業有限公司
E-mail：sonbookservice@gmail.com
粉絲頁：　　　網 址：
地　址：台北市中正區重慶南路一段六十一號八樓 815 室
8F.-815, No.61, Sec. 1, Chongqing S. Rd., Zhongzheng
Dist., Taipei City 100, Taiwan (R.O.C.)
電　話：(02)2370-3310 傳　真：(02) 2370-3210
總經銷：紅螞蟻圖書有限公司
地　址: 台北市內湖區舊宗路二段 121 巷 19 號
電　話:02-2795-3656 傳真 :02-2795-4100　　網址：
印　刷：京峯彩色印刷有限公司（京峰數位）

定　價：450 元
發行日期：2019 年 07 月第一版
◎ 本書以 POD 印製發行